劉向古列女傳卷之二

賢明傳

周宣姜后

周宣姜后者齊侯之女也賢而有德事非禮不言行非禮不動宣王常早卧晏起后夫人不出房姜后脫簪珥待罪於永巷使其傳母通言于王曰妾之不才妾之淫心見矣至使君王失禮而晏朝以見君王樂色而忘德也夫苟樂色必好奢窮欲亂之所興也原亂之興從婢子起敢請婢子之罪王曰寡人不德寔自有過非夫人之罪也遂復姜后而勤于政事早朝

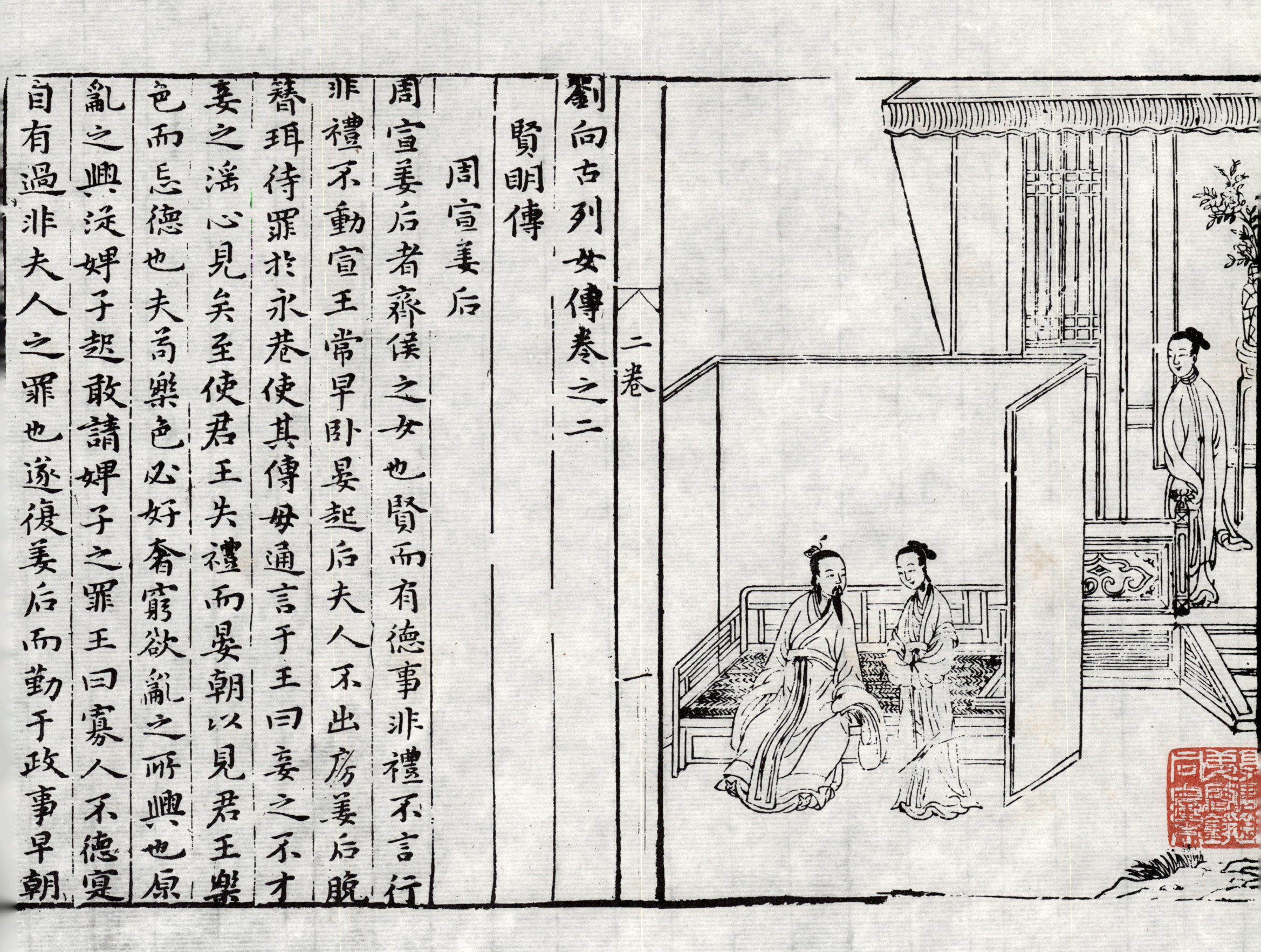

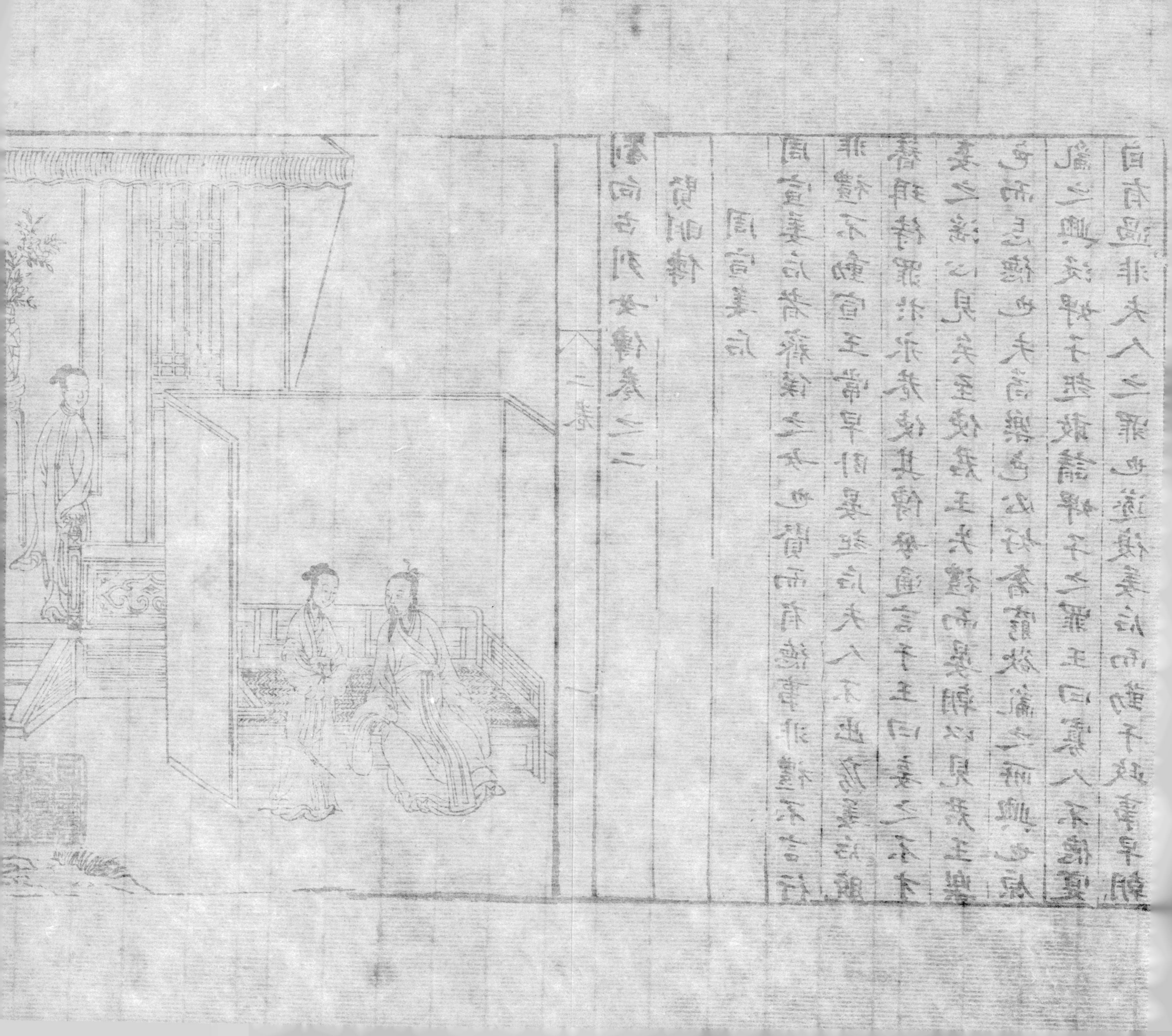

晏退卒成中興之名君子謂姜后善于威儀而有德行夫禮后夫人御于君以燭進至于君所滅燭適房中脫朝服衣褻服然後進御于君鷄鳴樂師擊鼓以告旦后夫人鳴佩而去詩曰威儀抑抑德音秩秩又曰隰桑有阿其葉有幽既見君子德音孔膠夫婦人以色親以德固姜氏之德行可謂孔膠也

頌曰

嘉茲姜后　厥德孔賢　由禮動作　匡配周宣

引過推讓　宣王悟焉　夙夜崇道　為中興君

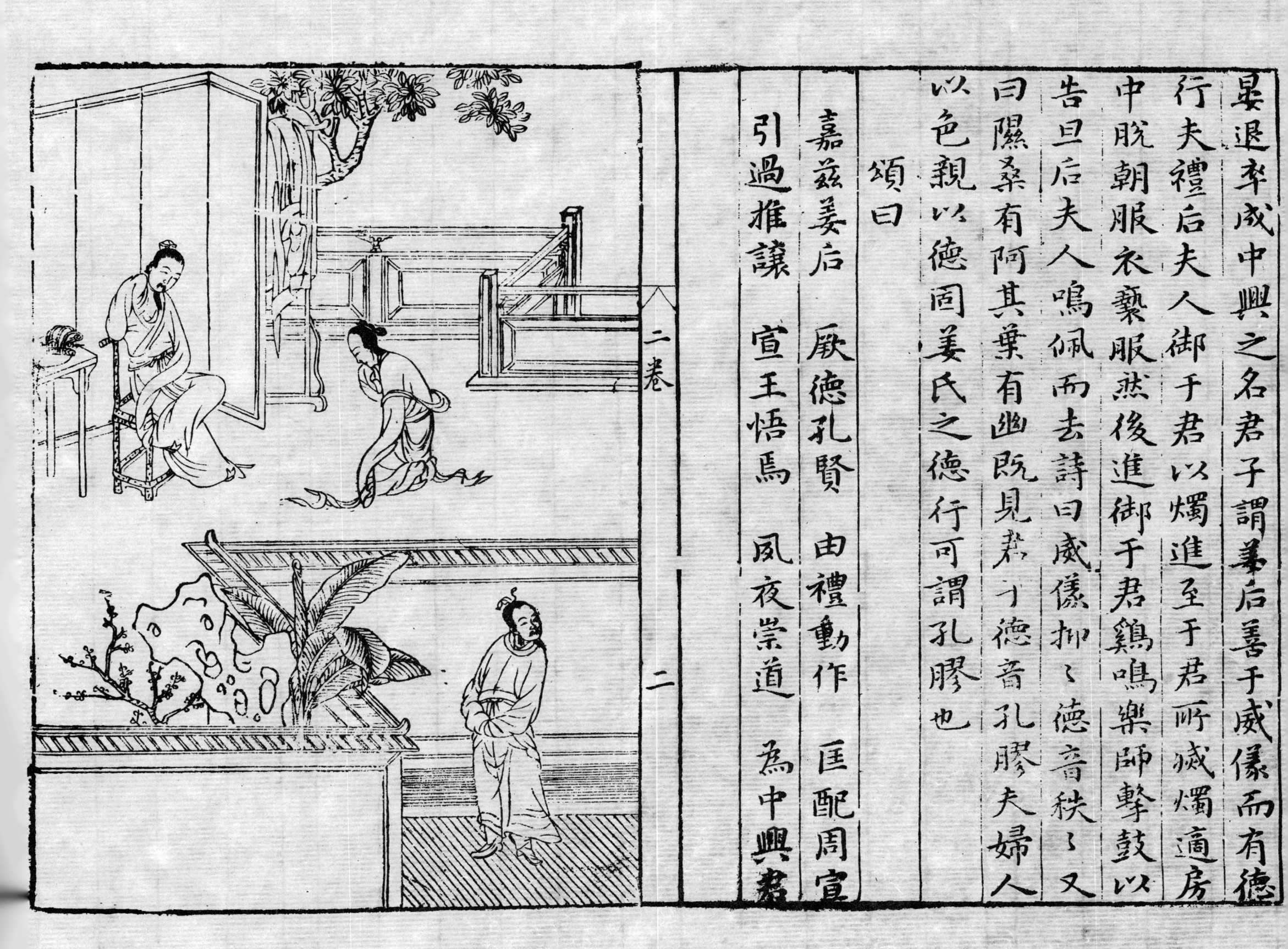

齊桓衛姬

衛姬者衛侯之女齊桓公之夫人也桓公好淫樂衛姬為之不聽鄭衛之音桓公用管仲甯戚行伯道諸侯皆朝而衛獨不至桓公與管仲謀伐衛朝入閨衛姬望見桓公脫簪珥解環佩下堂再拜曰願請衛之罪桓公曰吾與衛無故姬何請耶對曰妾聞之人君有三色顯然喜樂容貌淫樂者鍾鼓酒食之色寂然清靜意氣沉抑者喪禍之色忿然充滿手足矜動者攻伐之色今妾望君舉趾高色厲音揚意在衛也是以請也桓公許諾明日臨朝管仲趨進曰君之蒞朝也恭而氣下言則徐無伐國之志是釋衛也桓公曰

善乃立衛姬為夫人號管仲為仲父曰夫人治內管仲治外寡人雖愚足以立于世矣君子謂衛姬信而有行詩曰展如之人兮邦之媛也

頌曰

齊桓衛姬　忠款誠信　公好淫樂　姬為修身
望色請罪　桓公加焉　厥使治內　立為夫人

晉文齊姜

齊姜齊桓公之宗女晉文公之夫人也初文公父獻公納驪姬譖殺太子申生文公號公子重耳與舅犯奔狄適齊齊桓公以宗女妻之遇之甚善有馬二十乘將死于齊曰人生安樂而已誰知其他子犯知文公之安齊也欲行而患之與從者謀于桑下蠶妾在焉妾告姜氏姜殺之而言于公子曰從者將以子行聞者吾已除之矣公子必從不可以貳二無成命自子去晉晉無寧歲天未亡晉有晉國者非子而誰子其勉之上帝臨子貳必有咎公子曰吾不動必死於

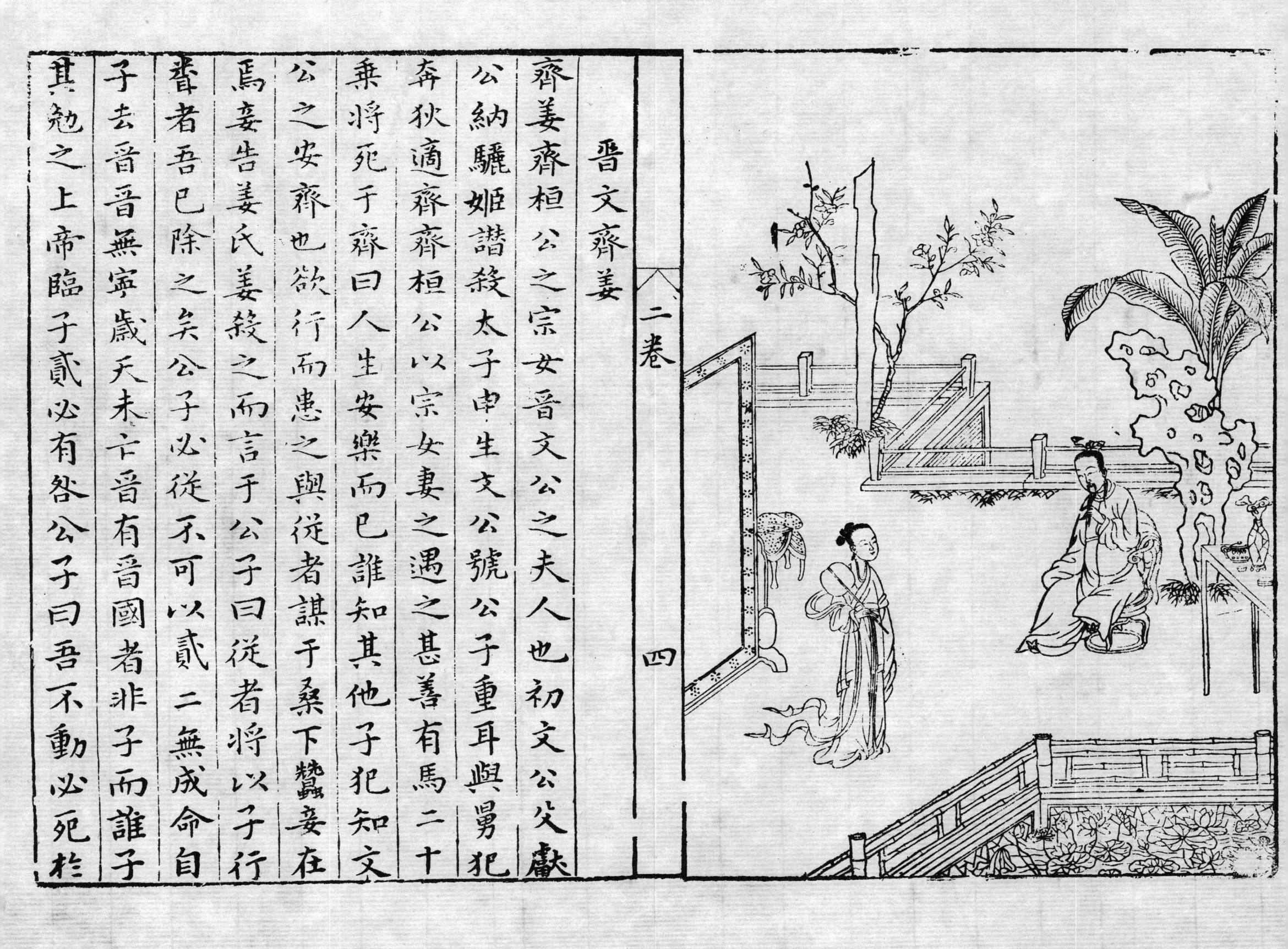

邾疑刻宋

此矣姜曰不可周詩曰莘莘征夫每懷靡及夙夜征行猶恐無及況欲懷安將何及矣人不求及其能及亂不長世公子必有晉公子不聽姜與舅犯謀醉載之以行酒醒公子以戈逐舅犯曰若事有濟則可無所濟吾食舅氏之肉豈有饜哉遂行過曹邾鄭楚而入秦秦穆公乃以兵內之于晉晉人殺懷公而立公子重耳是為文公迎齊姜以為夫人遂伯天下為諸侯盟主君子謂齊姜潔而不瀆能育君子于善詩曰彼美孟姜可與寤言此之謂也

頌曰

齊姜公正　言行不怠　勸勉晉文　反國無疑
公子不聽　姜與犯謀　醉而載之　卒成伯基

秦穆公姬

穆姬者秦穆公之夫人晉獻公之女太子申生之同母娣與惠公異母賢而有義獻公殺太子申生逐群公子惠公號公子夷吾奔梁及獻公卒得因秦立始即位穆姬使納羣公子曰公族者君之根本惠公不用又背秦賂晉饑請粟于秦秦與之秦飢請粟于晉晉不與秦遂興兵與晉戰獲晉君以歸秦穆公曰掃除先人之廟寡人將以晉君見穆姬聞之乃與太子罃公子弘與簡璧衰絰履薪以迎且告穆公曰上天降災使兩君罷以玉帛相見乃以興戎婢子娣姒不

能相教以辱君命晉君朝以入婢子夕以死惟君其
圖之公懼乃舍諸靈臺大夫請以入公曰獲晉君以
功歸今以喪歸將焉用遂改館晉君饋以七牢而遣
之穆姬死穆姬之弟重耳入秦〻送之晉是為晉文
公太子罃思母之恩而送其舅氏也作詩曰我送舅
氏曰至渭陽何以贈之路車乘黃君子曰慈母生孝
子詩云敬慎威儀維民之則穆姬之謂也

頌曰

秦穆夫人　晉惠之姊　秦執晉君　夫人流涕
痛不能救　乃將赴死　穆公義之　遂釋其弟

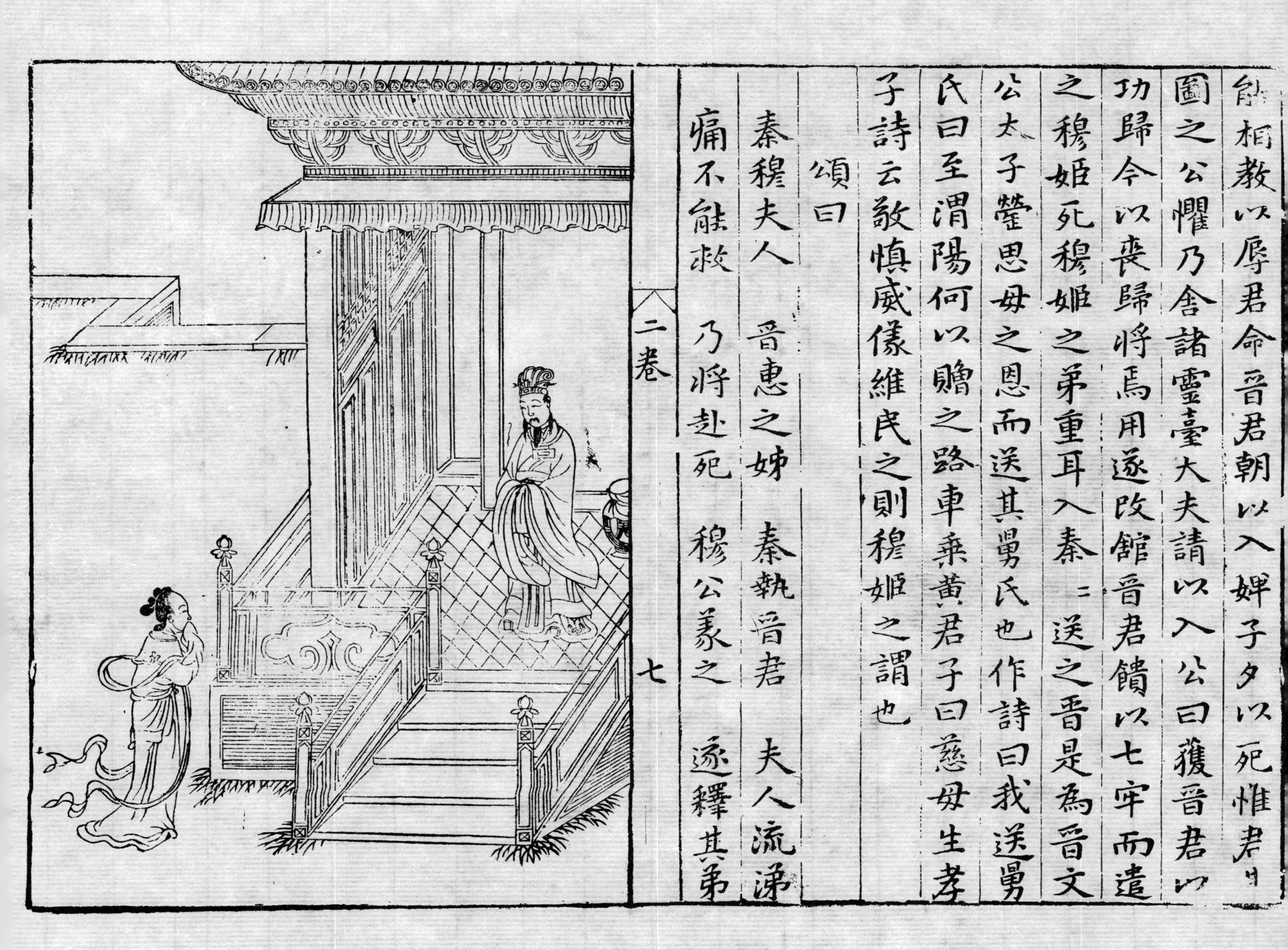

乎顧刻或

妾聞二字顧刻作今

楚莊樊姬

樊姬者楚莊王之夫人也莊王即位好狩獵樊姬諫不止乃不食禽獸之肉王改過勤於政事王嘗聽朝罷晏姬下殿迎曰何罷晏也得無飢倦乎王曰與賢者俱不知飢倦也姬曰王之所謂賢者何也曰虞丘子也姬掩口而笑王曰姬之所笑何也曰虞丘子賢則賢矣未忠也王曰何謂也對曰妾執巾櫛十一年遣人之鄭衛求賢人進于王今賢于妾者二人同列者七人妾豈不欲擅王之愛寵乎妾聞堂上兼女所以觀人能也妾不能以私蔽公欲王多見知人能也

妾聞虞丘子相楚十餘年所薦非子弟則族昆弟未聞進賢退不肖是蔽君而塞賢路知賢不進是不忠不知其賢是不智也妾之所笑不亦可乎王悅明日王以姬言告虞丘子丘子避席不知所對于是避舍使人迎孫叔敖而進之王以為令尹治楚三季而莊王以霸楚史書曰莊王之霸樊姬之力也詩曰大夫夙夜無使君勞其君者謂女者也又曰溫恭朝夕執事有恪此之謂也

頌曰

樊姬謙讓　靡有嫉妬　薦進美人　與己同處

非刺虞丘　蔽賢之路　楚莊用焉　功業遂伯

周南之妻

周南之妻者周南大夫之妻也大夫受命平治水土過時不來妻恐其懈于王事盖與其隣人陳素所與大夫言國家多難惟勉強之無有譴怒遺父母憂昔舜耕于歷山漁于雷澤陶于河濵非舜之事而舜為之者為養父母也家貧親老不擇官而仕親操井臼不擇妻而娶故父母在當與時小同無虧大義不罹患害而已夫鳳皇不罹于蔚羅麒麟不入于陷穽蛟龍不及于枯澤鳥獸之智猶知避害而況于人乎生于亂世不得道理而迫于暴虐不得行義然而仕者

為父母在故也乃作詩曰魴魚赬尾王室如燬雖則如燬父母孔邇盖不得已也君子以是知周南之妻而能匡夫也

頌曰

周大夫妻　夫出治土　維戒無怠　勉為父母
凡事遠周　為親之在　作詩魴魚　以勑君子

宋鮑女宗

女宗者宋鮑蘇之妻也養姑甚謹鮑蘇仕衛三年而娶外妻女宗養姑愈敬因往来者請問其夫賂遺外妻甚厚女宗姒謂曰可以去矣女宗曰何故姒曰夫人既有所好子何留乎女宗曰婦人一醮不改夫死不嫁執麻枲治絲繭織紝組紃以供衣服以事夫室澈漠酒醴羞饋食以事舅姑以專一為貞以善從為順豈以專夫室之愛為善哉若其以淫意為心而扼夫室之好吾未知其善也夫禮天子十二諸侯九卿大夫三士二今吾夫誠士也有二不亦宜乎且婦人

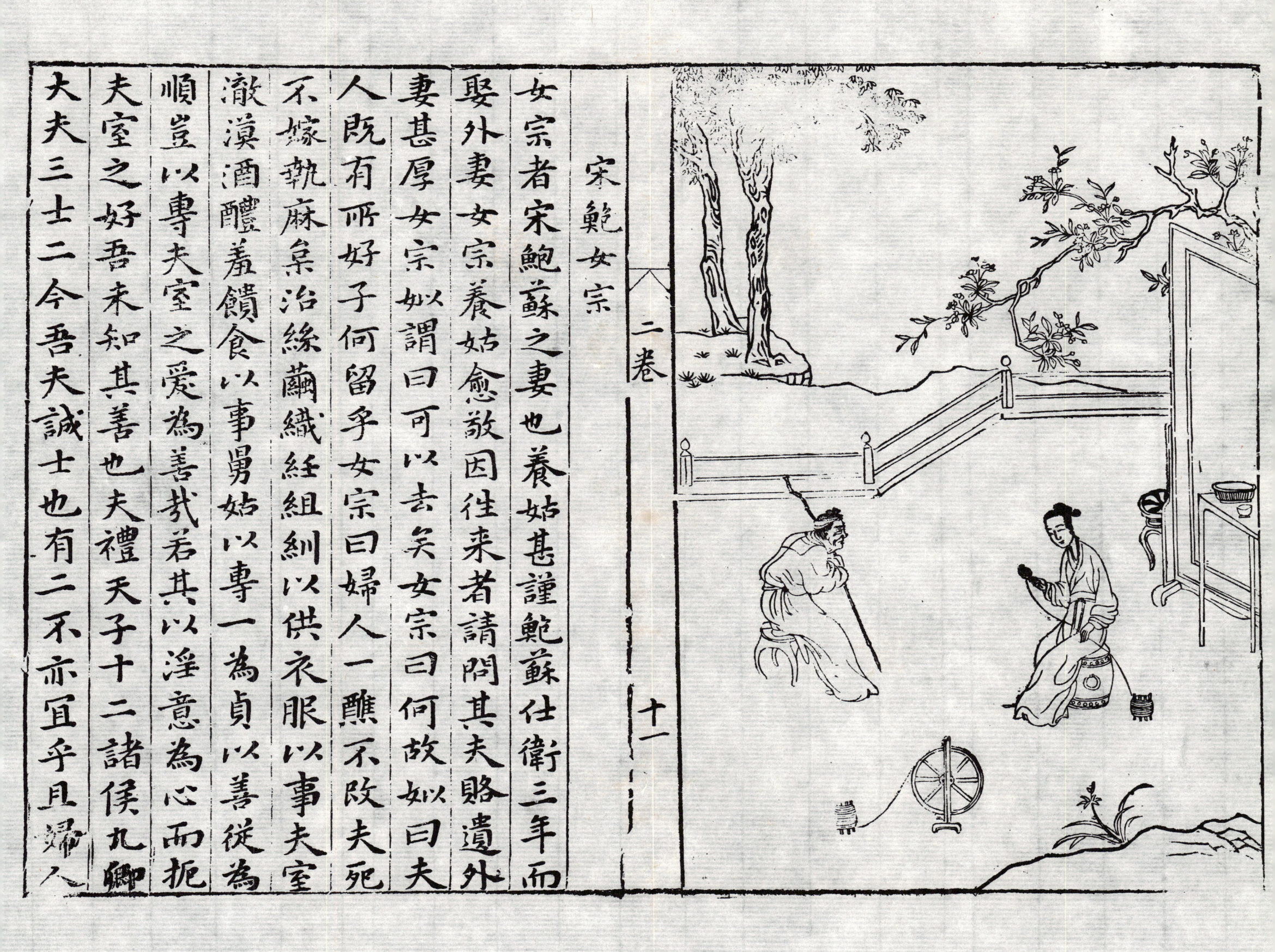

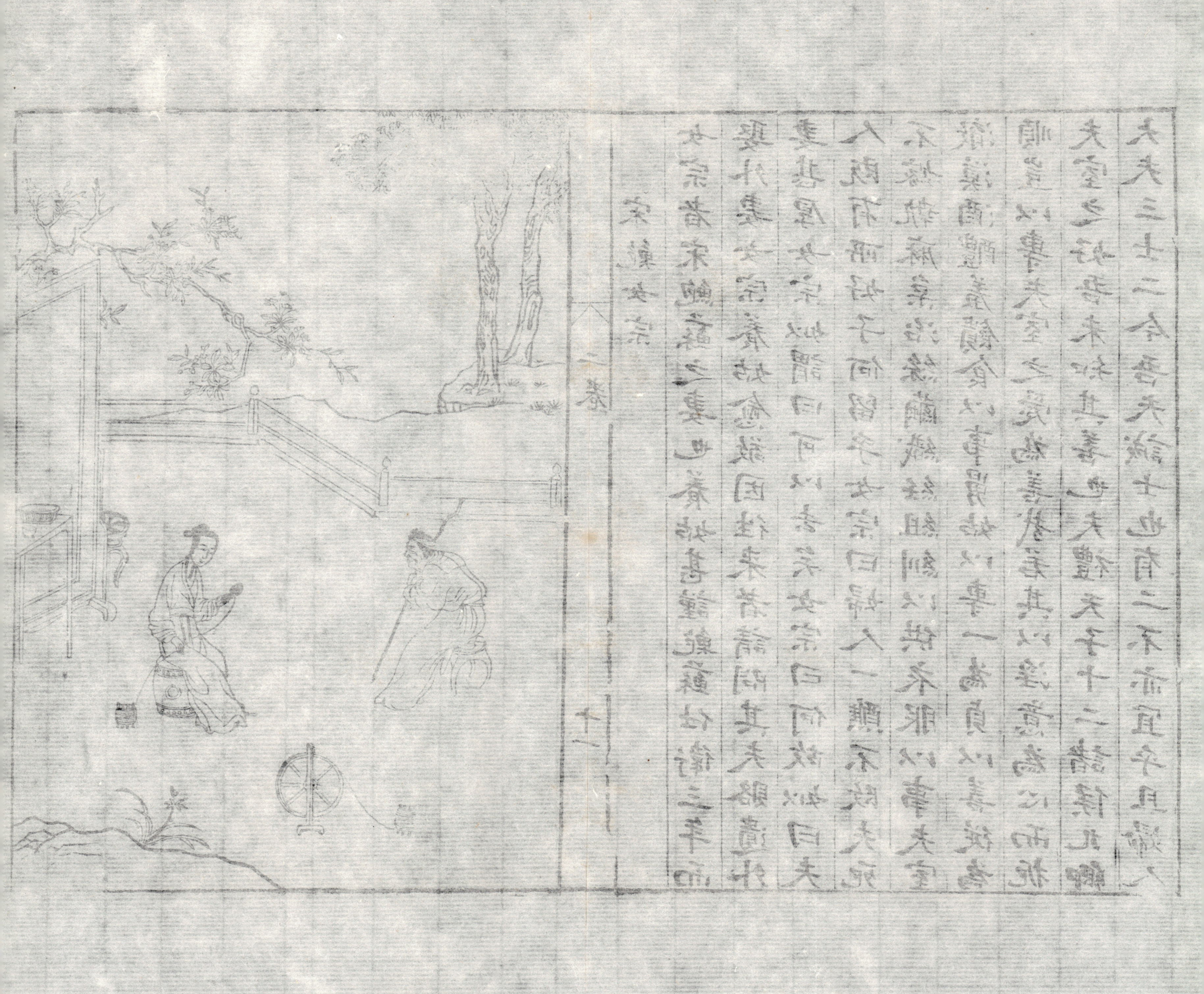

古版刻故

有七見去方無一去義七去之道妬正為首淫僻竊盜長舌驕侮無子惡病皆在其後吾姒不教吾以居室之禮而反欲使吾為見棄之行將安所用此遂不聽事姑愈謹宋公聞之表其閭號曰女宗君子謂女宗謙而知禮詩云令儀令色小心翼翼古訓是式威儀是力此之謂也

頌曰

宋鮑女宗　好禮知理　夫有外妻　不為變已
稱引婦道　不聽其姒　宋公賢之　表其閭里

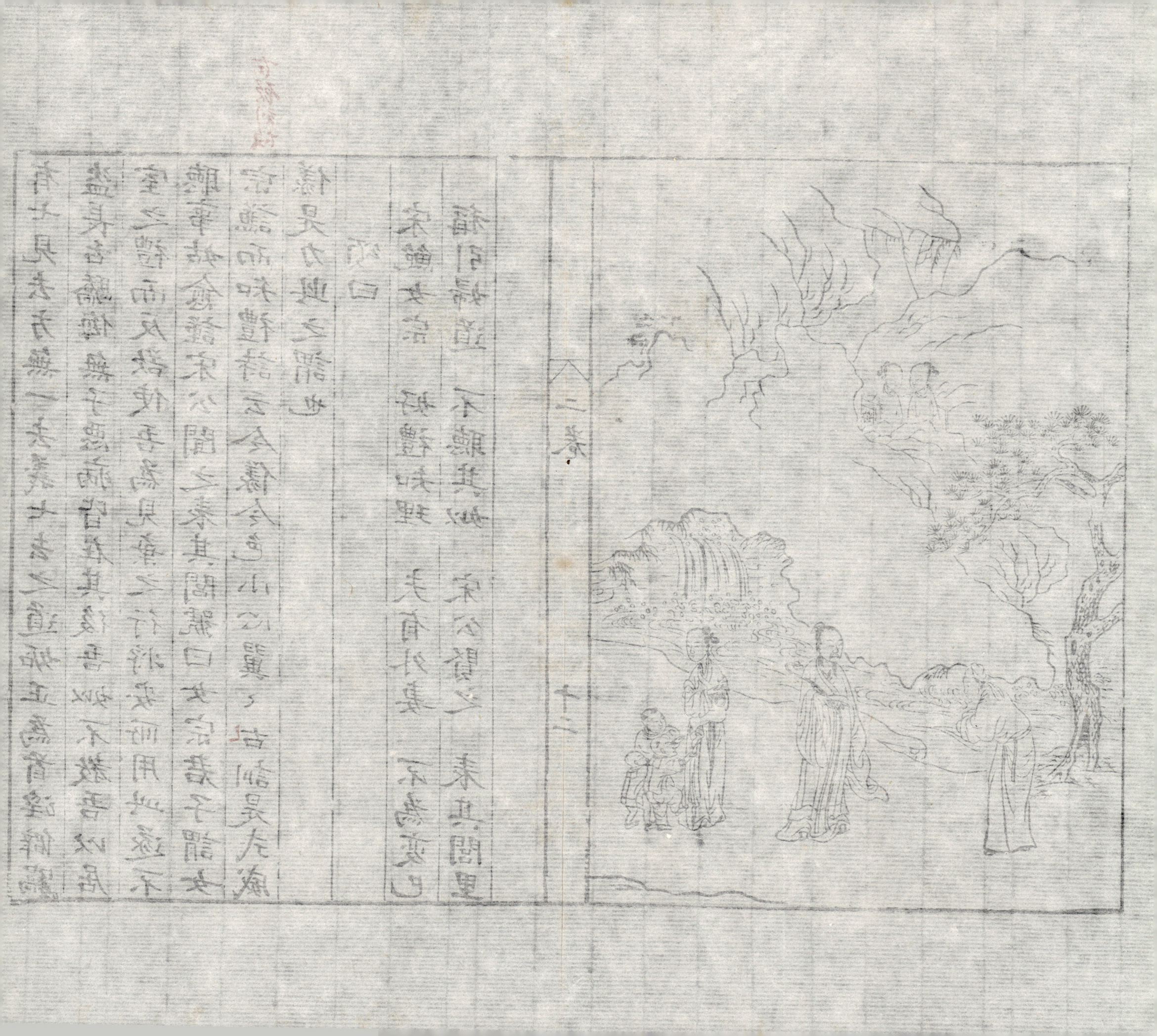

晉趙衰妻

晉趙衰妻者晉文公之女也號趙姬初文公為公子時與趙衰奔狄狄人入其二女叔隗季隗于公子公以叔隗妻趙衰生盾及反國文公以其女趙姬妻趙衰生原同屏括樓嬰趙姬請迎盾與其母而納之趙衰辭而不敢姬曰不可夫得寵而忘舊舍義好新而嫚故無恩與人勤于隘厄富貴而不顧無禮君棄此三者何以使人雖妾亦無以侍執巾櫛詩不云乎采葑采菲無以下體德音莫違及尔同死與人同寒苦雖有小過猶與之同死而不去況于安新忘舊乎又曰讌爾新婚不我屑以蓋傷之也君其逆之無以新廢舊趙衰許諾乃逆叔隗與盾來姬以盾為賢請立為嫡子使三子下之以叔隗為內婦姬親下之及盾為正卿思趙姬之讓恩請以姬之中子屏括為公族大夫曰君姬氏之愛子也微君姬氏則臣狄人也何以至此成公許之屏括遂以其族為公族大夫君子謂趙姬恭而有讓詩曰溫溫恭人維德之基趙姬之謂也

頌曰

趙衰姬氏　制行分明　自雖尊貴　不妬偏房

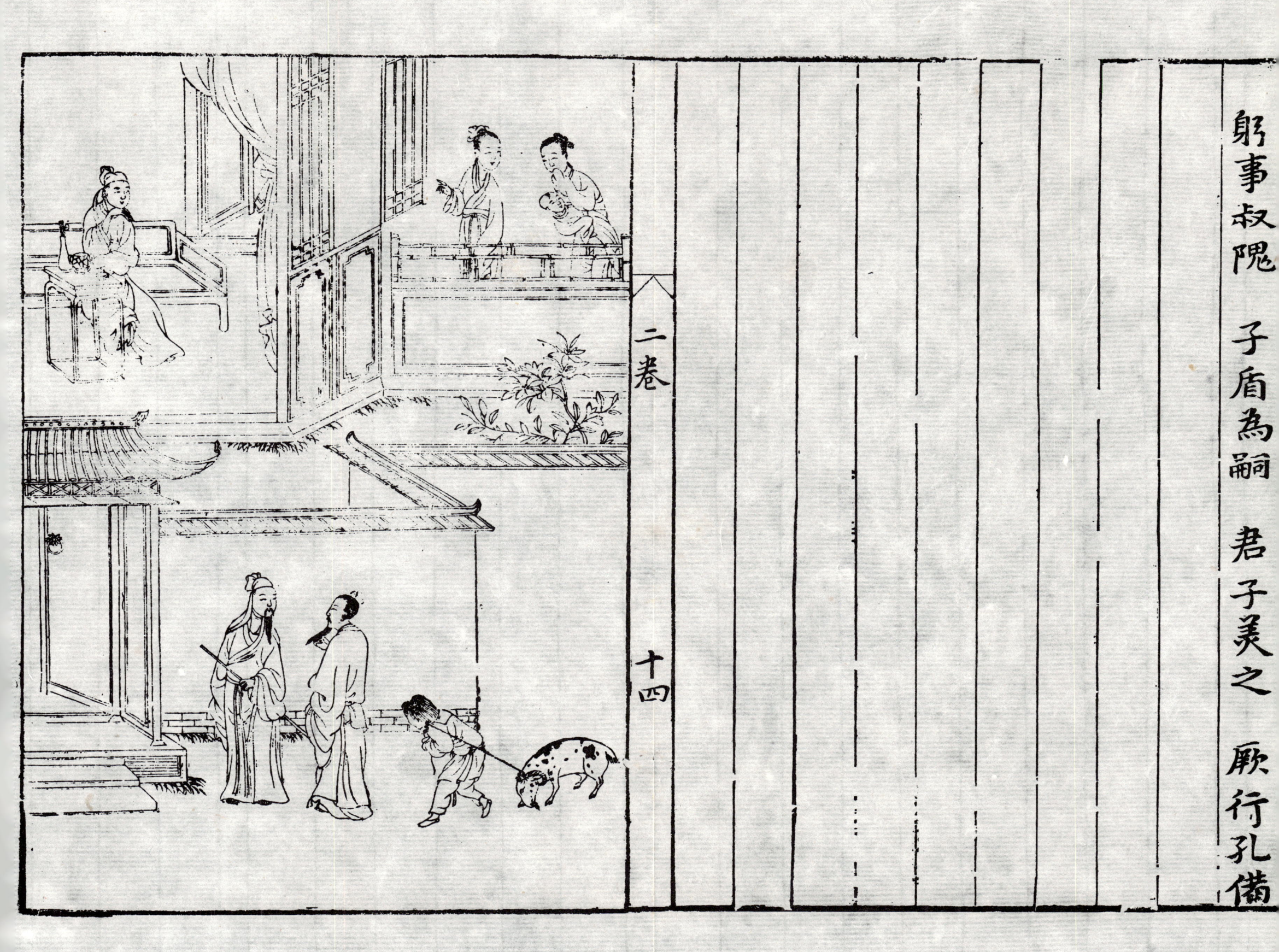

躬事叔隗　子盾為嗣　君子美之　厥行孔備

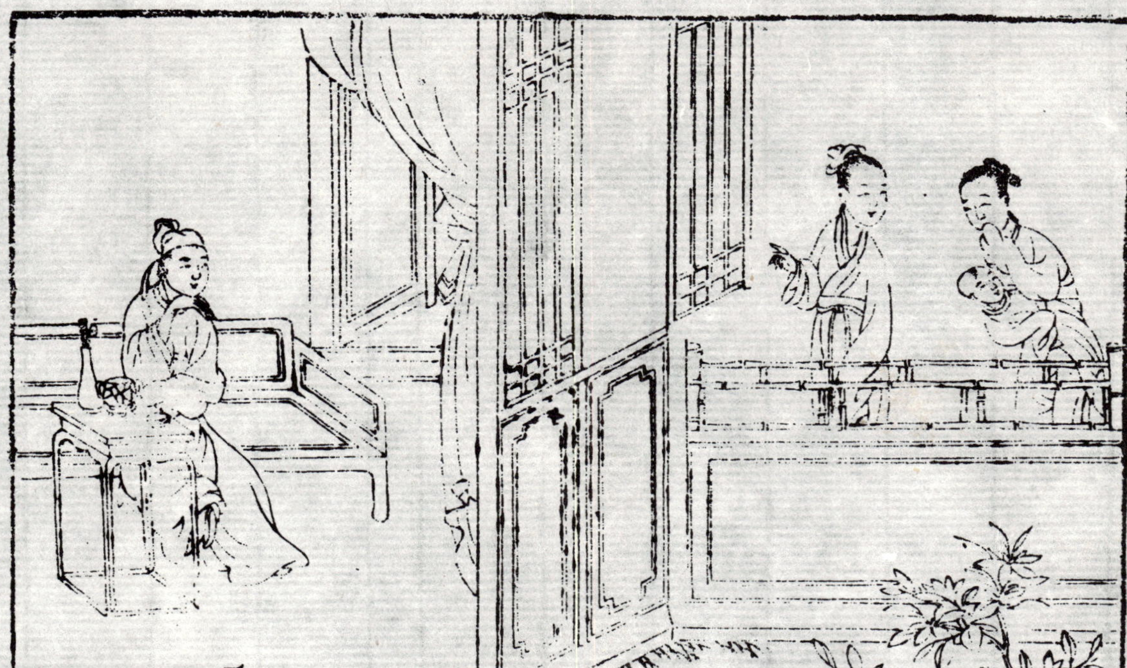

陶荅子妻

陶大夫荅子妻也荅子治陶三年名譽不興家富三倍其妻數諫不用居五年從車百乘歸休宗人擊牛而賀之其妻獨抱兒而泣姑怒曰何其不祥也婦曰夫子能薄而官大是謂嬰害無功而家昌是謂積殃昔楚令尹子文之治國也家貧國富君敬民戴故福結于子孫名傳于後世今夫子不然貪富務大不顧後害妾聞南山有玄豹霧雨七日而不下食者何也欲以澤其毛而成文章也故藏而遠害犬彘不擇食以肥其身坐而須死耳今夫子治陶家富國貧君不

敬民不戴敗亡之徵見矣願與少子俱脫姑怒遂棄之處朞年荅子之家果以盜誅唯其母老以免婦乃與少子歸養姑終卒天年君子謂荅子妻能以義易利雖違禮求去終以全身復禮可謂遠識矣詩曰百爾所思不如我所之此之謂也

頌曰

荅子治陶　家富三倍　妻諫不聽　知其不改
獨泣姑怒　送厥母家　荅子逢禍　復歸養姑

陶答子妻

陶大夫答子之妻也答子治陶三年名譽不興家富三倍其妻數諫不用居五年從車百乘歸休宗人擊牛而賀之其妻獨抱兒而泣姑怒曰何其不祥也婦曰夫子能薄而官大是謂嬰害無功而家昌是謂積殃昔楚令尹子文之治國也家貧國富君敬民戴故福結于子孫名傳于後世今夫子不然貪富務大不顧後害妾聞南山有玄豹霧雨七日而不下食何也欲以澤其毛而成文章也故藏而遠害犬彘不擇食以肥其身坐而須死耳今夫子治陶家富國貧君不

敬民不戴敗亡之徵見矣願與少子俱脫姑怒遂棄之處期年答子之家果以盜誅唯其母老以免婦乃與少子歸養姑終卒天年君子謂答子妻能以義易利雖違禮求去終以全身復禮可謂遠識矣詩曰百爾所思不如我所之此之謂也

頌曰

答子治陶　家富三倍　妻諫不聽　知其不改

獨泣姑怒　送厥母家　答子逢禍　復歸養姑

柳下惠妻

魯大夫柳下惠之妻也柳下惠處魯三黜而不去憂民救亂妻曰無乃瀆乎君子有二恥國無道而貴恥也國有道而賤恥也今當亂世三黜而不去亦近恥也柳下惠曰油油之民將陷于害吾能以乎且彼為彼我為我彼雖裸裎安能污我油油然與之處仕于下位柳下既死門人將誄之妻曰將誄夫子之德耶則二三子不如妾知之也乃誄曰夫子之不伐兮夫子之不竭兮夫子之信誠而與人無害兮屈柔從容不強察兮蒙恥救民德彌大兮雖遇三黜終不蔽兮

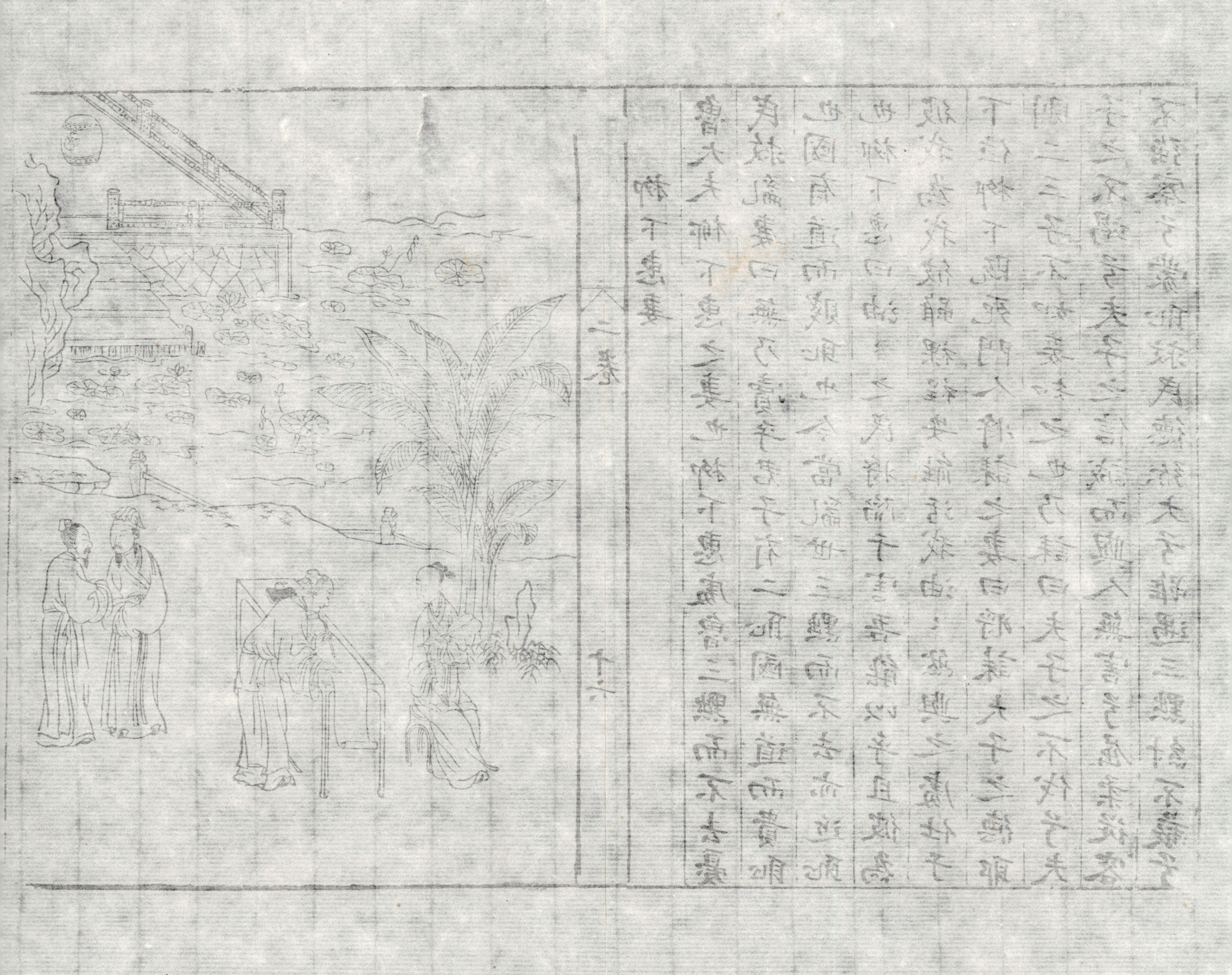

愷悌君子永能厲兮嗟呼惜哉乃下世兮庶幾遐年
今遂逝兮嗚呼哀哉魂神泄兮夫子之謚宜為惠兮
門人從之以為誄莫能竄一字君子謂柳下惠妻能
光其夫矣詩曰人知其一莫知其他此之謂也

頌曰

下惠之妻　賢明有文　柳下既死　門人必存
將誄下惠　妻為之辭　陳列其行　莫能易之

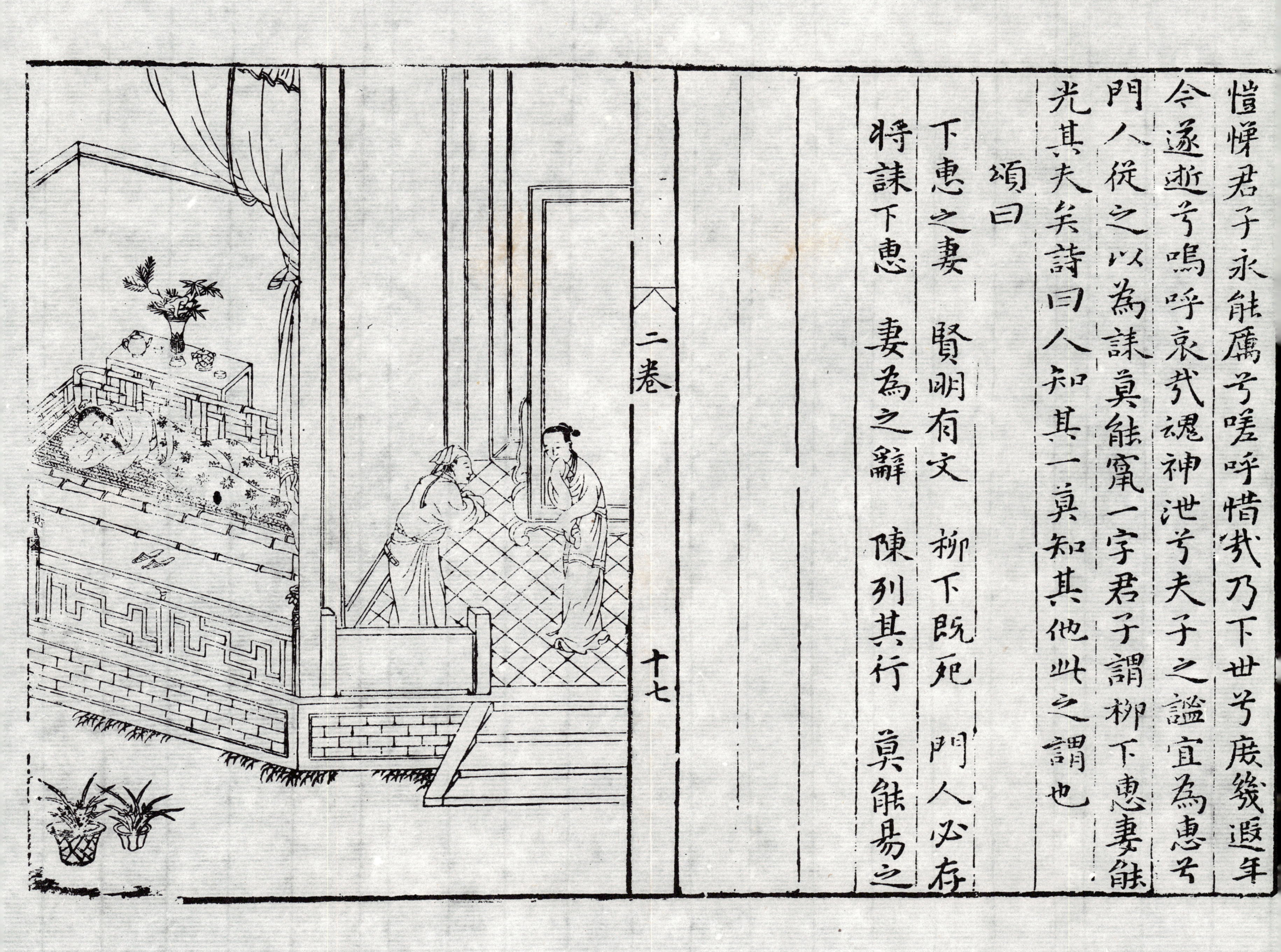

魯黔婁妻

魯黔婁先生之妻也先生死曾子與門人往弔之其妻出戶曾子弔之上堂見先生之尸在牖下枕墼席槀緼袍不表覆以布被手足不盡斂覆頭則足見覆足則頭見曾子曰斜引其被則斂矣妻曰斜而有餘不如正而不足也先生以不斜之故能至于此生時不邪死而邪之非先生意也曾子不能應遂哭之曰嗟乎先生之終也何以為謚其妻曰以康為謚曾子曰先生在時食不充口衣不蓋形死則手足不斂旁無酒肉生不得其美死不得其榮何樂于此而謚為

康乎其妻曰昔先生君嘗欲授之政以為國相辭而不為是有餘貴也君嘗賜之粟三十鍾先生辭而不受是有餘富也彼先生者甘天下之淡味安天下之卑位不戚戚于貧賤不忻忻于富貴求仁而得仁求義而得義其謚為康不亦宜乎曾子曰唯斯人也而有斯婦君子謂黔婁妻為樂貧行道詩曰彼美淑姬可與寤言此之謂也

頌曰

黔婁既死　妻獨主喪　曾子弔焉　布衣褐衾
安賤甘淡　不求豐美　尸不揜蔽　猶謚曰康

齊相御妻

齊相晏子僕御之妻也號曰命婦晏子將出命婦窺其夫為相御擁大盖策駟馬意氣洋洋甚自得也既歸其妻曰宜矣子之卑且賤也夫曰何也妻曰晏子長不滿三尺身相齊國名顯諸侯今者吾從門間觀其志氣恂恂自下思念深矣今子身長八尺乃為之僕御耳然子之意洋洋若自足者妾是以去也其夫謝曰請自改何如妻曰是懷晏子之智而加以八尺之長也夫躬仁義事明主其名必揚矣且吾聞寧榮于義而賤不虛驕以貴于是其夫乃深自責學道謙

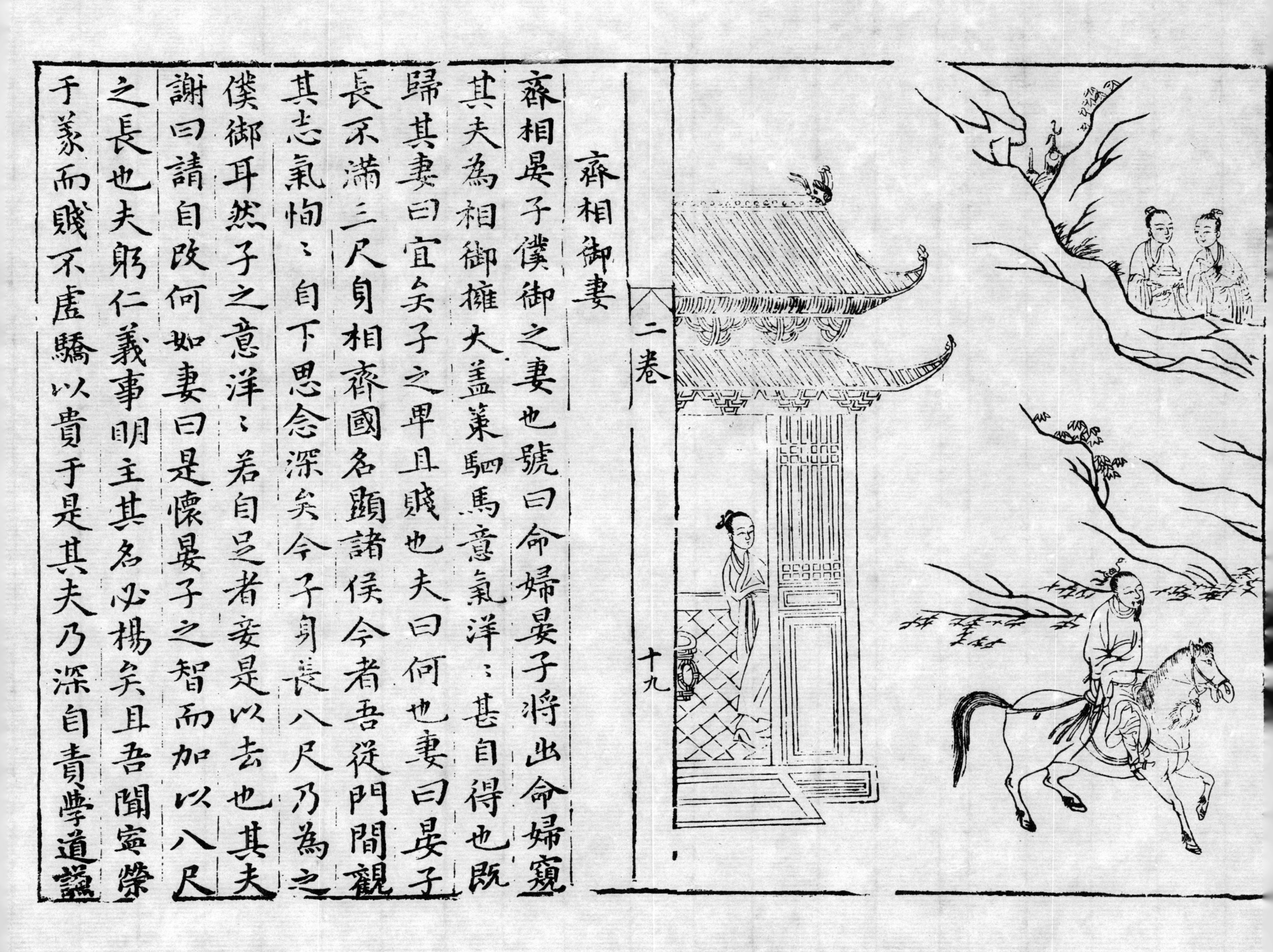

遜常若不足晏子怪而問其故具以實對于是晏子賢其能納善自改升諸景公以為大夫顯其妻以為命婦君子謂命婦知善故賢人之所以成者其道博矣非特師傅朋友相與切磋也妃匹亦居多焉詩云高山仰止景行行止言當常嚮為其善也

頌曰

齊相御妻　匡夫以道　明言驕恭　恂恂自效
夫改易行　學問靡已　晏子升之　列于君子

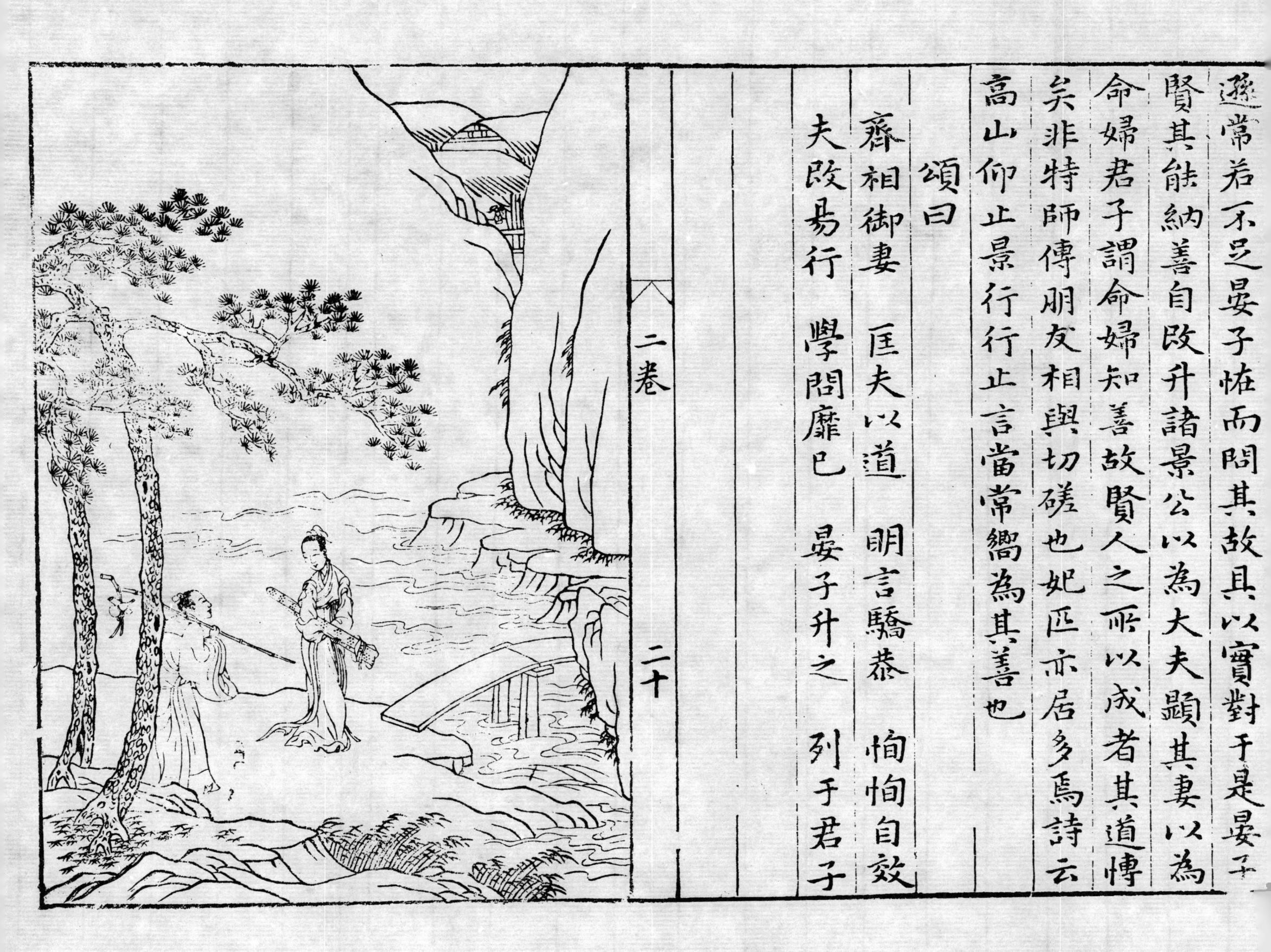

楚接輿妻

楚狂接輿之妻也接輿躬畊以為食楚王使使者持金百鎰車二駟往聘迎之曰王願請先生治淮南接輿笑而不應使者遂不得與語而去妻從市来曰先生以而為義豈將老而遺之哉門外車跡何其深也接輿曰王不知吾不肖也欲使我治淮南遣使者持金駟来聘其妻曰得無許之乎接輿曰夫富貴者人之所欲也子何惡我許之矣妻曰義士非禮不動不為貧而易操不為賤而改行妾事先生躬耕以為食親績以為衣食飽衣暖據義而動其樂亦自足矣若

受人重祿乘人堅良食人肥鮮而將何以待之接輿曰吾不許也妻曰君使不從非忠也從之又違非義也不如去之夫負釜甑妻戴紝器變名易姓而遠徙莫知所之君子謂接輿妻為樂道而遠害夫安貧賤而不怠于道者唯至德者能之詩曰肅肅兎罝椓之丁丁言不怠于道也

頌曰

接輿之妻　亦安貧賤　雖欲進仕　見時暴亂

楚聘接輿　妻請避館　戴紝易姓　終不遭難

何鈺刻然

楚老萊妻

楚老萊子之妻也萊子逃世耕於蒙山之陽葭墻蓬室木牀蓍席衣緼食菽墾山播種人或言之楚王曰老萊賢士也王欲聘以璧帛恐不来楚王駕至老萊之門老萊方織畚王曰寡人愚陋獨守宗廟願先生幸臨之老萊子曰僕山野之人不足守政王復曰守國之孤願变先生之志老萊子曰諾王去其妻戴畚萊挾薪樵而来曰何車迹之衆也老萊子曰楚王欲使吾守國之政妻曰許之乎曰何妻曰妾聞之可食以酒肉者可隨以鞭捶可授以官禄者可隨以鈇鉞

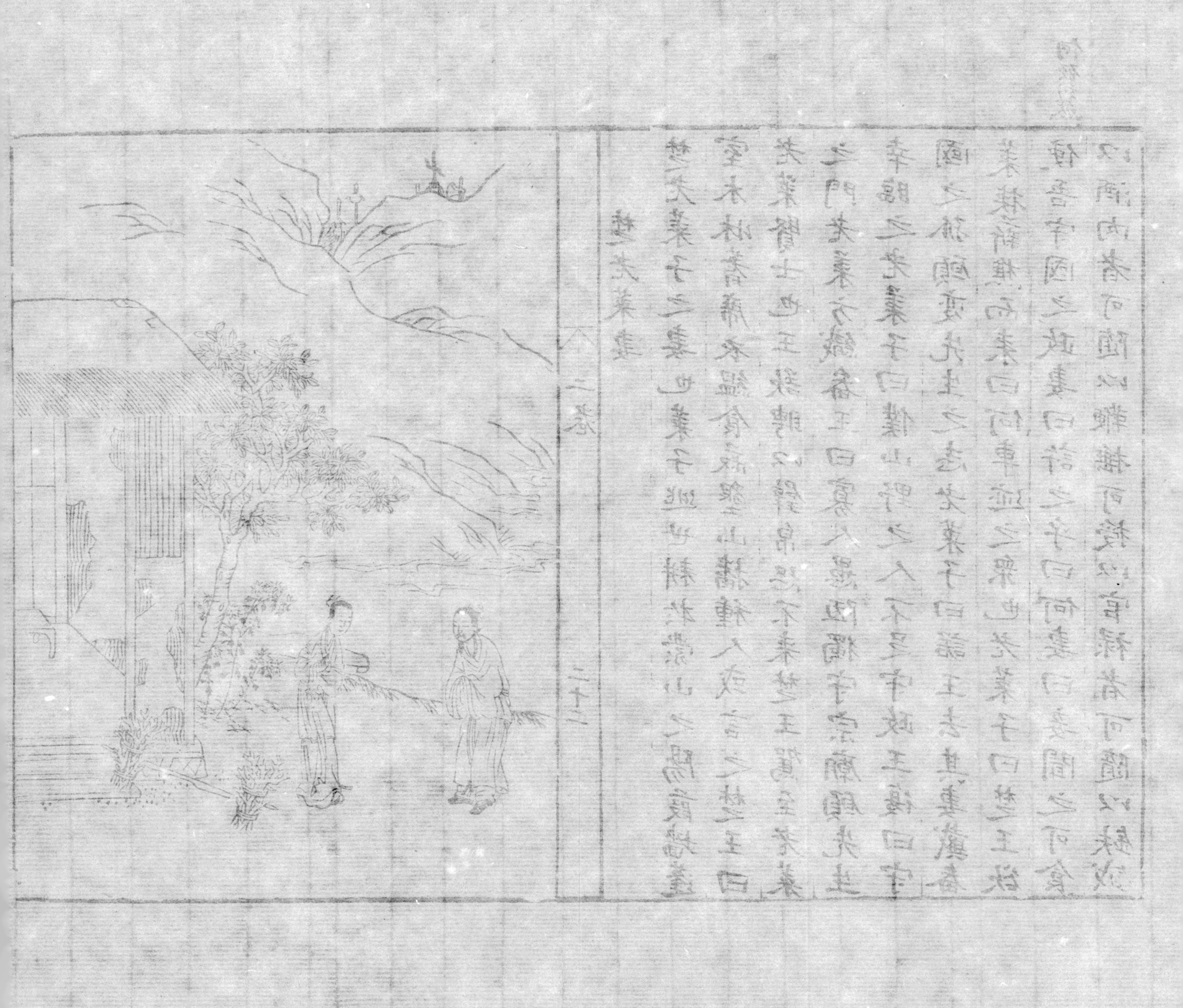

今先生食人酒肉受人官祿為人所制也能免於患乎妾不能為人所制投其畚萊而去老萊子曰子還吾為子更慮遂行不顧至江南而止曰鳥獸之解毛可績而衣之据其遺粒足以食也老萊子乃隨其妻而居之民從而家者一年成落三年成聚君子謂老萊妻果於從善詩曰衡門之下可以棲遲泌之洋洋可以療飢此之謂也

頌曰

老萊與妻　逃世山陽　蓬蒿為室　莞葭為蓋

楚王聘之　老萊將行　妻曰世亂　乃遂逃亡

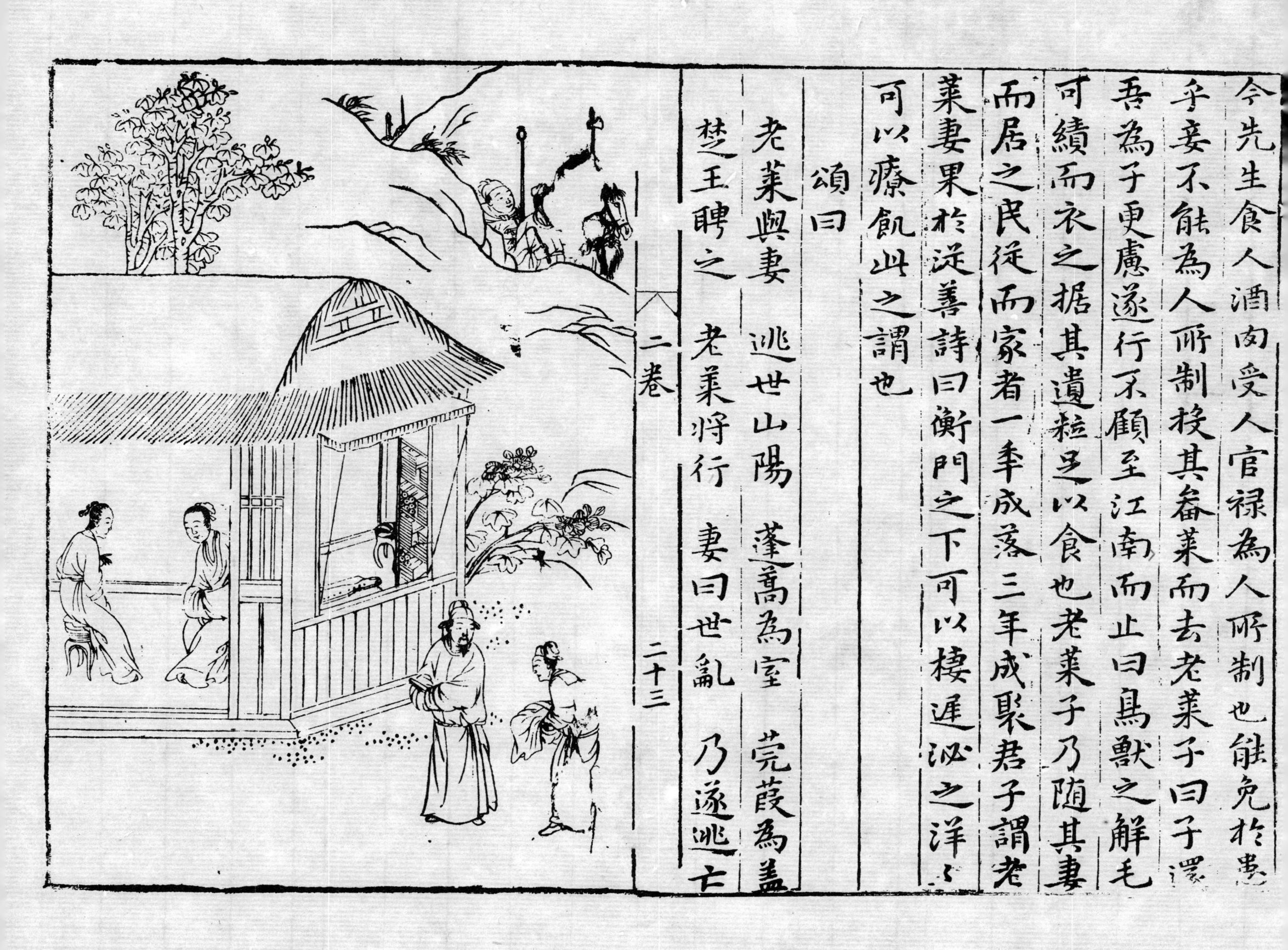

原刻无樂字

楚於陵妻

楚於陵子終之妻也楚王聞於陵子終賢欲以為相使〻者持金百鎰往聘迎之於陵子終曰僕有箕箒之妾請入與計之即入謂其妻曰楚王欲以我為相遣使者持金來今日為相明日結駟連騎食方丈於前可乎妻曰夫子織屨以為食非與物無治也左琴右書樂亦在其中矣夫結駟連騎所安不過容膝食方丈於前甘不過一肉今以容膝之安一肉之味而懷楚國之憂其可樂乎亂世多害妾恐先生之不保命也於是子終出謝使者而不許也遂相與逃而為人灌園君子謂於陵妻為有德行詩云愔〻良人秩秩德音此之謂也

頌曰

於陵處楚　王使聘焉　入與妻謀　懼世亂煩
進往遇害　不若身安　左琴右書　為人灌園

劉向古列女傳卷之二終

劉向古列女傳卷之三

仁智傳

密康公母

密康公之母姓魏氏周共王遊于涇上康公從有三女奔之其母曰必致之王夫獸三為群人三為衆女三為粲王田不取群公行下衆王御不參一族夫粲美之物歸汝而何德以堪之王猶不堪况尔小醜乎康公不獻王滅密君子謂密母為能識微詩云無已太康職思其憂此之謂也

頌曰

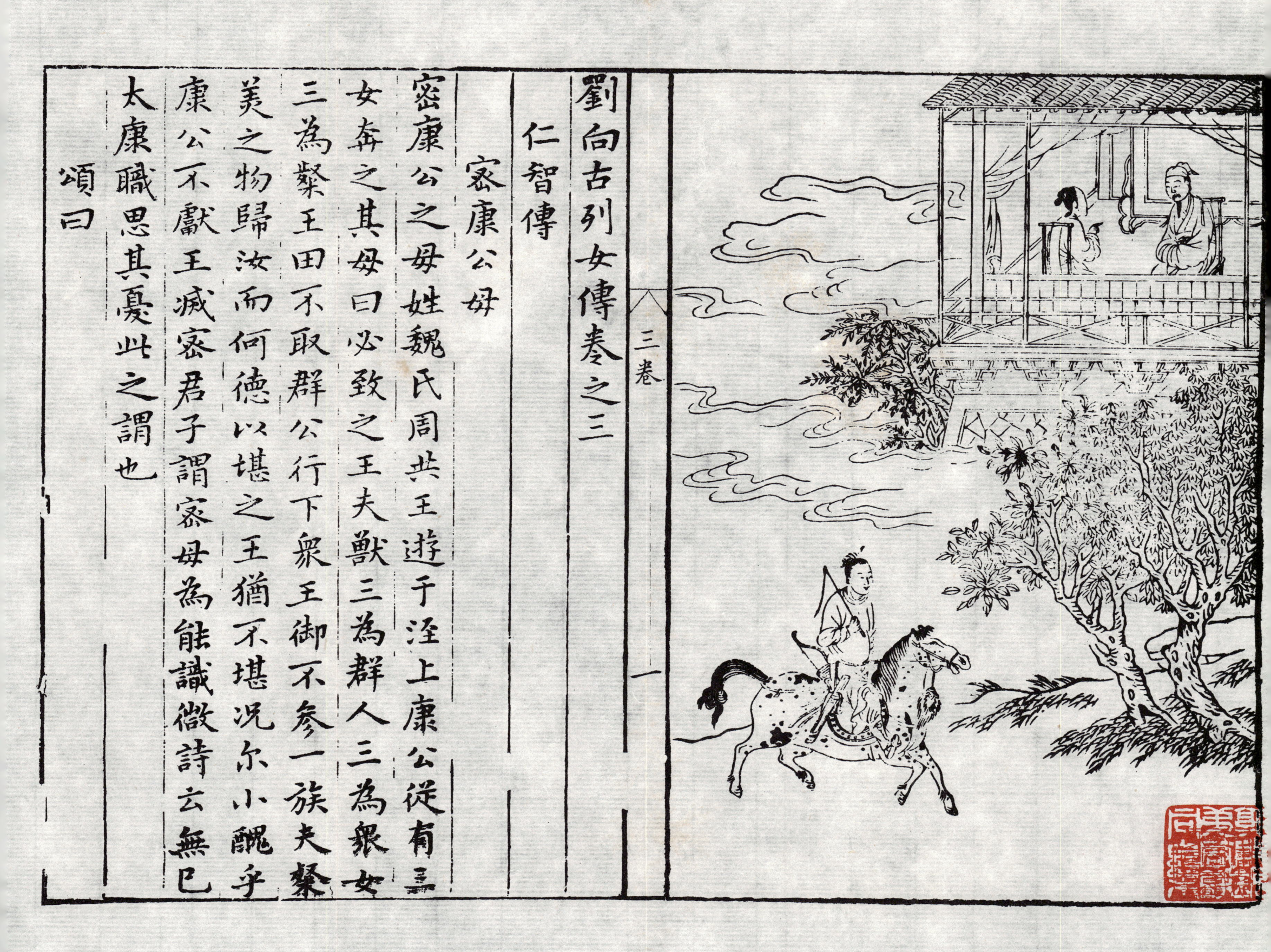

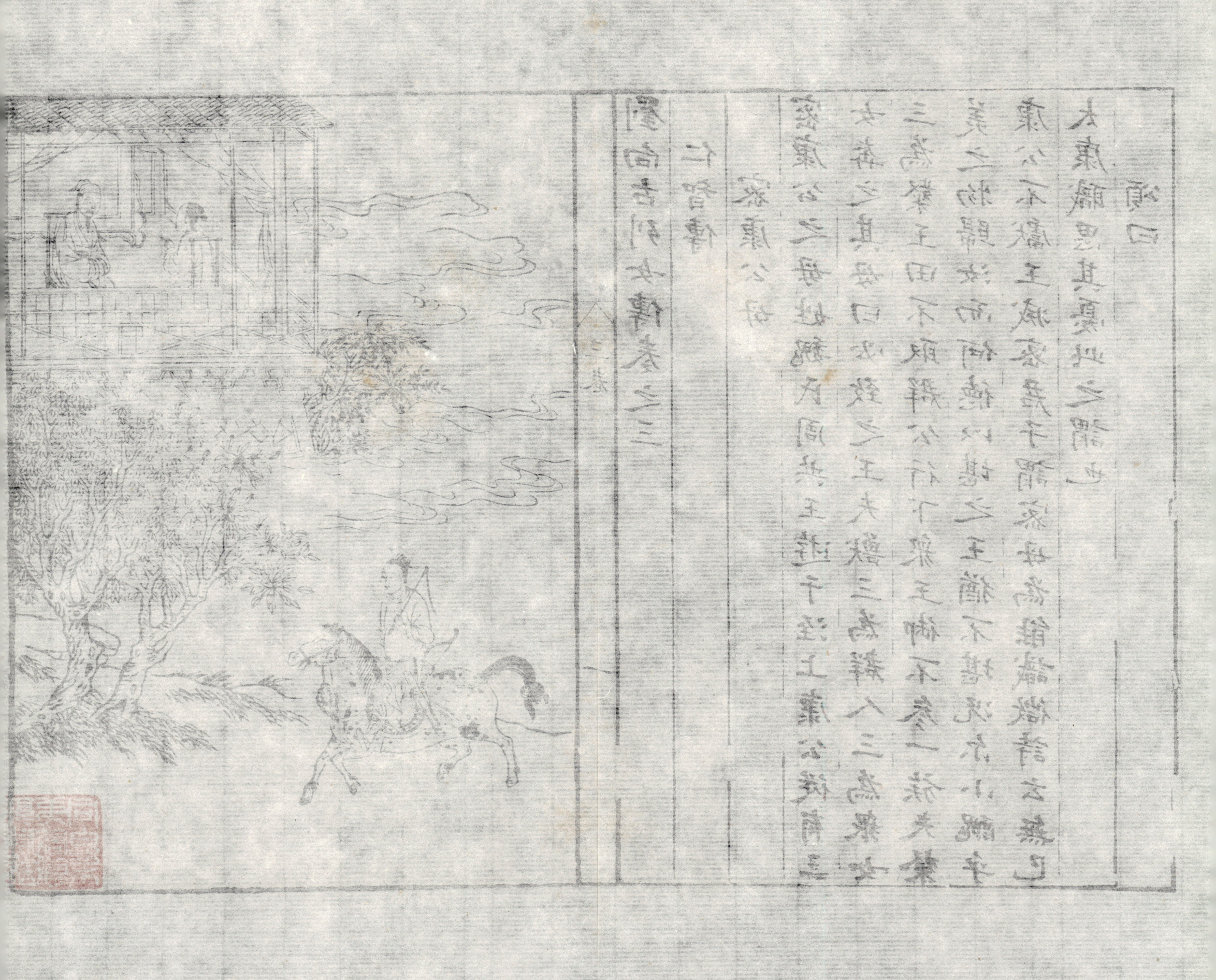

密康之母　先識盛衰　非刺康公　受粲不歸
公行下衆　物滿則損　俾獻不聽　密果滅殞

公行不衆 味論頗譎 卯爐不覩 家果流竄

家棄之安 火龍盈泉 兆傳衆心 受緩不解

楚武鄧曼

鄧曼者武王之夫人也王使屈瑕為將伐羅屈瑕號莫敖與群師悉楚師以行鬬伯比謂其御曰莫敖必敗舉趾高心不固矣見王曰必濟師王以告夫人鄧曼曰大夫非衆之謂也其謂君撫小民以信訓諸司以德而威莫敖以刑也莫敖狃于蒲騷之役將自用也必小羅君若不鎮撫其不設備乎於是王使賴人追之不及莫敖令于軍中曰諫者有刑及鄢師次亂濟至羅羅與盧戎擊之大敗莫敖自經荒谷群帥囚于冶父以待刑王曰孤之罪也皆免之君子謂鄧曼

為知人詩云曾是莫聽大命以傾此之謂也王伐隨且行告鄧曼曰余心蕩何也鄧曼曰王德薄而祿厚施鮮而得多物盛必衰日中必移盈而蕩天之道也先王知之矣故臨武事將發大命而蕩王心焉若師徒毋虧王薨于行國之福也王遂行卒于樠木之下君子謂鄧曼為知天道易曰日中則昃月盈則虧天地盈虛與時消息此之謂也

頌曰

楚武鄧曼　見事所興　謂瑕軍敗　知王將薨
識彼天道　盛而必衰　終知其言　君子揚稱

許穆夫人

許穆夫人者衛懿公之女許穆公之夫人也初許求之齊亦求之懿公將與許女因其傅母而言曰古者諸侯之有女子也所以苞苴玩弄繫援于大國也言今者許小而遠齊大而近若今之世強者爲雄如使邊境有寇戎之事維是四方之故赴告大國妾在不猶愈乎今舍近而就遠離大而附小一旦有車馳之難孰可與慮社稷衛侯不聽而嫁之于許其後翟人攻衛大破之而許不能救衛侯遂奔走涉河而南至楚丘齊桓往而存之遂城楚丘以居衛侯於是悔不

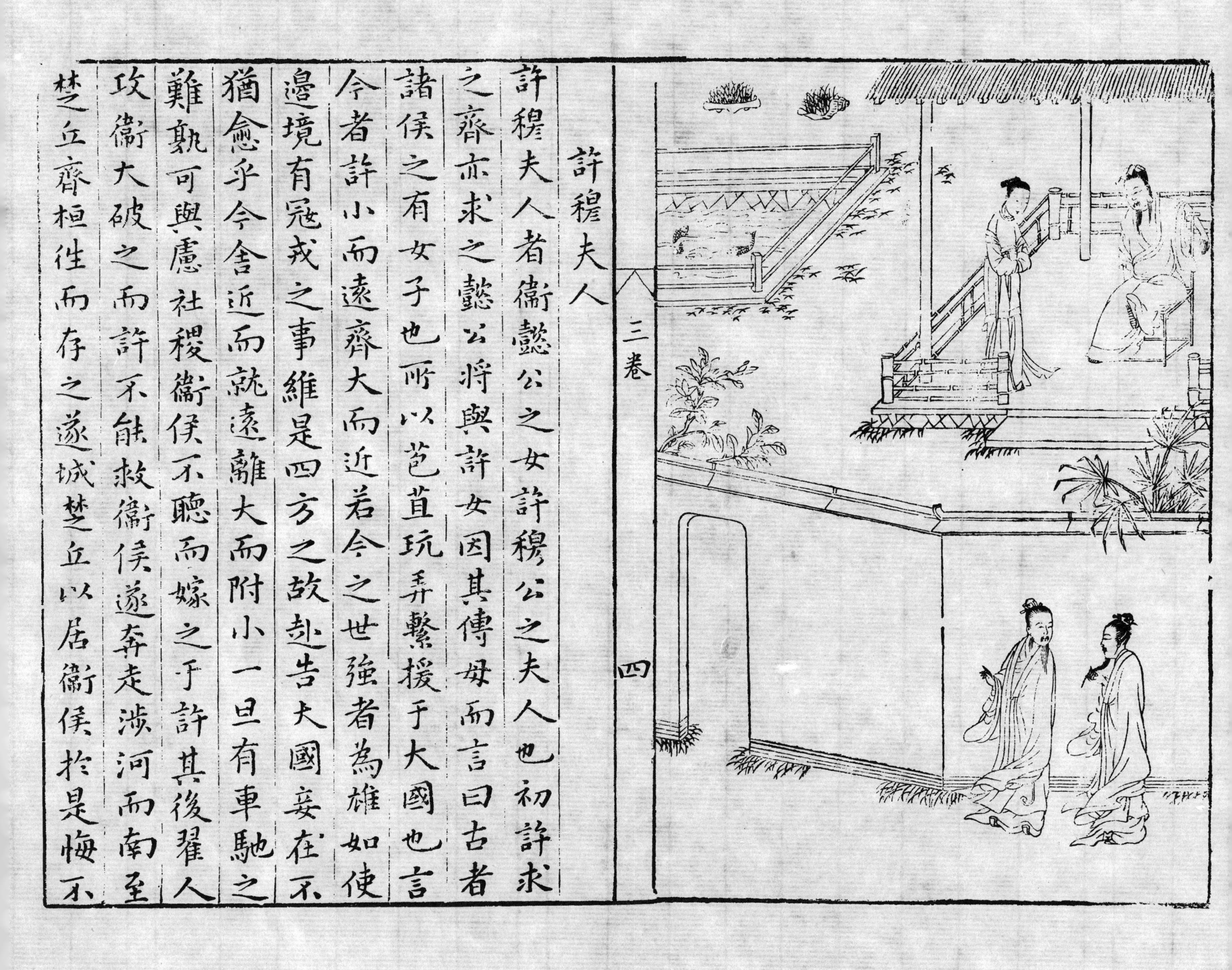

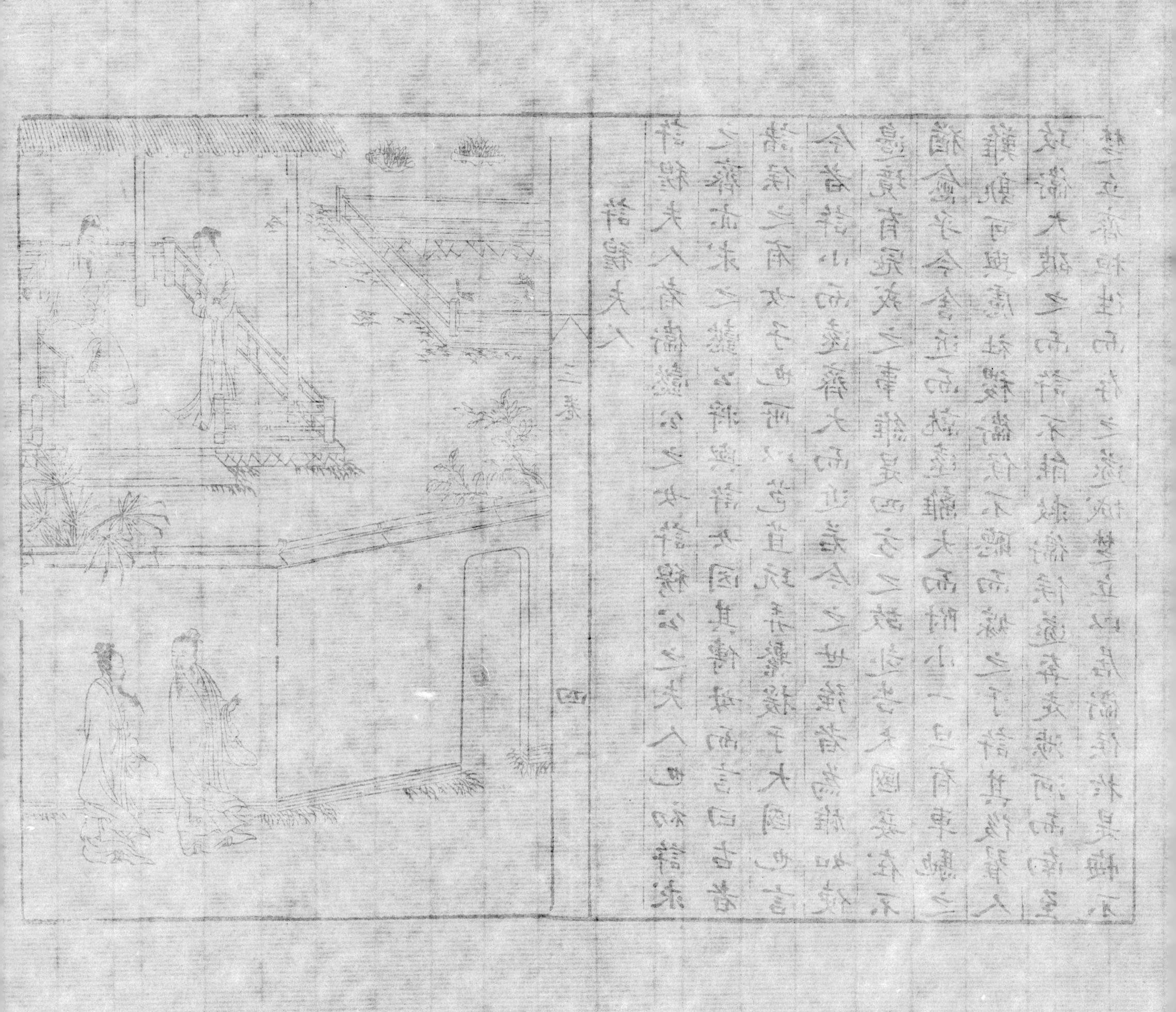

用其言當敗之時許夫人馳驅而弔唁衛侯因疾之
而作詩云載馳載馳歸唁衛侯驅馬悠悠言至于曹
大夫跋涉我心則憂既不我嘉不能旋反視爾不臧
我思不遠君子善其慈惠而遠識也

頌曰

衛女未嫁　謀許與齊　女諷母曰　齊大可依
衛君不聽　後果遁逃　許不能救　女作載馳

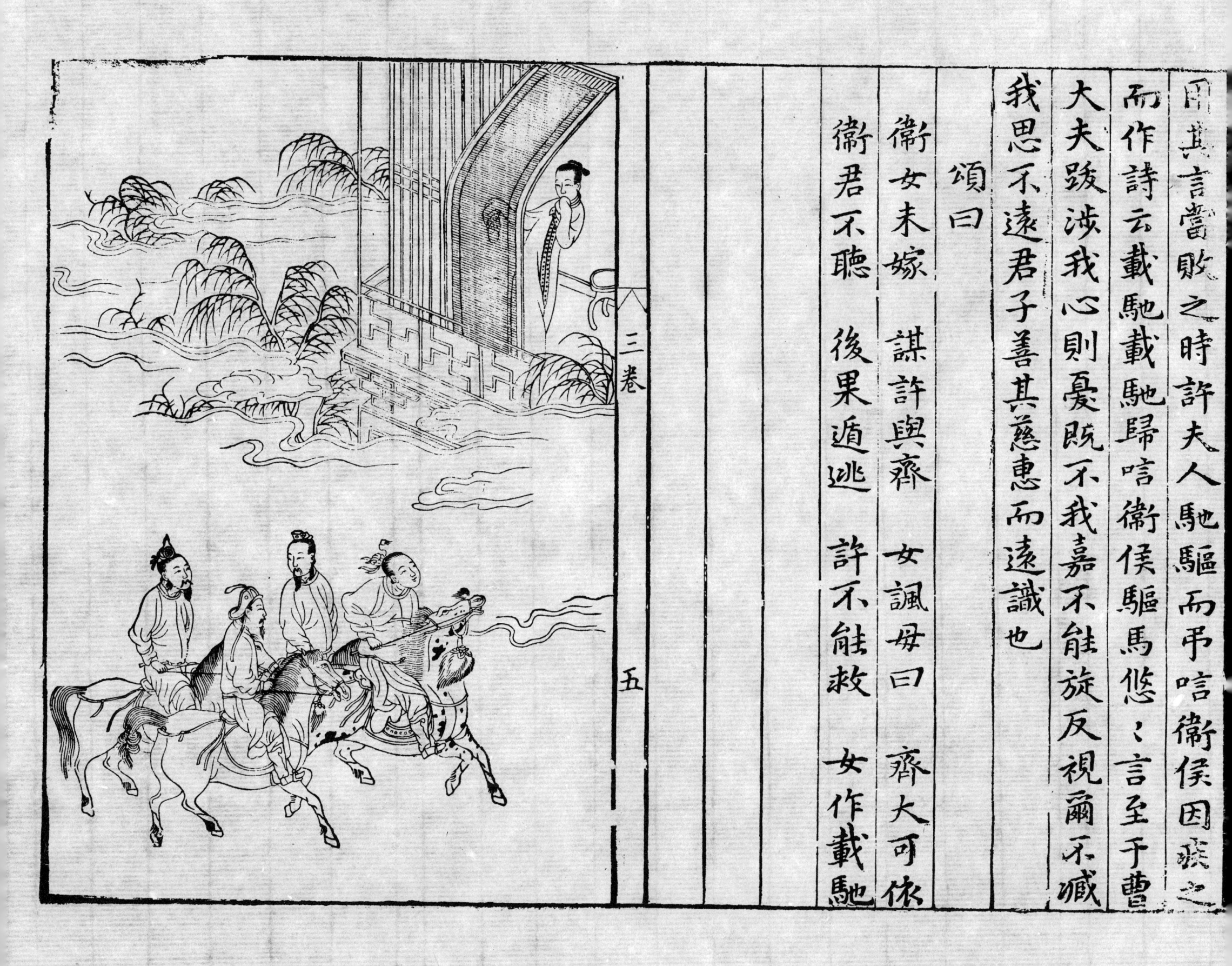

三卷　五

用其言當敗之時許夫人馳驅而弔唁衛侯因疾之
而作詩云載馳載驅歸唁衛侯驅馬悠悠言至于漕
大夫跋涉我心則憂既不我嘉不能旋反視爾不臧
我思不遠君子善其慈惠而遠識也

頌曰

衛女未嫁　謀許與齊　女諷母曰　齊大可依
衛君不聽　後果遁逃　許不能救　女作載馳

曹僖氏妻

曹大夫僖負羈之妻也晉公子重耳亡過曹恭公不禮焉聞其駢脅近其舍伺其將浴設帷薄而觀之負羈之妻言于夫曰吾觀晉公子其從者三人皆國相也以此三人者皆善戮力以輔人必得晉國若得反國必霸諸侯而討無禮曹必為首若曹有難子必不免子胡不早自貳焉且吾聞之不知其子者視其父不知其君者視其所使今其從者皆卿相之僕也則其君必伯王之主也若加禮焉必能報施矣若有罪焉必能討過子不早圖禍至不久矣負羈乃遺之壺

飡加璧其上公子受飡反璧及公子反國伐曹乃表負羈之閭令兵士無敢入士民之扶老携幼而赴其閭者門外成市君子謂僖氏之妻能遠識詩云既明且哲以保其身此之謂也

頌曰

僖氏之妻　廉智孔白　見晉公子　知其興祚
使夫饋飡　且以自託　文伐曹國　卒獨見釋

孫叔敖母

楚令尹孫叔敖之母也叔敖為嬰兒之時出遊見兩頭蛇殺而埋之歸見其母而泣焉母問其故對曰吾聞見兩頭蛇者死今者出遊見之其母曰蛇今安在對曰吾恐他人復見之殺而埋之矣其母曰汝不死矣夫有陰德者陽報之德勝不祥仁除百禍天之處高而聽卑書不云乎皇天無親惟德是輔爾嘿矣必興于楚及叔敖長為令尹君子謂叔敖之母知道德之次詩云母氏聖善此之說也

頌曰

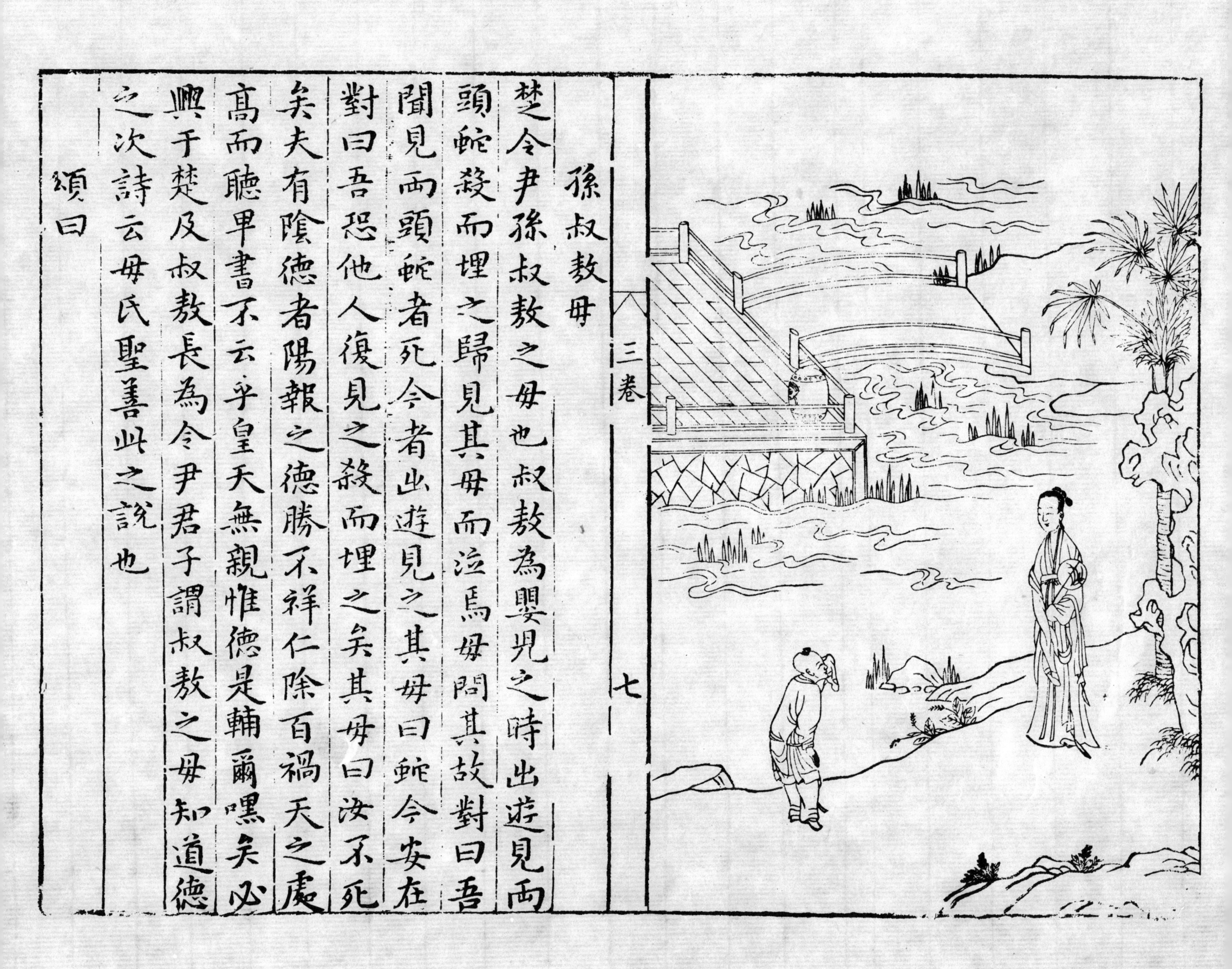

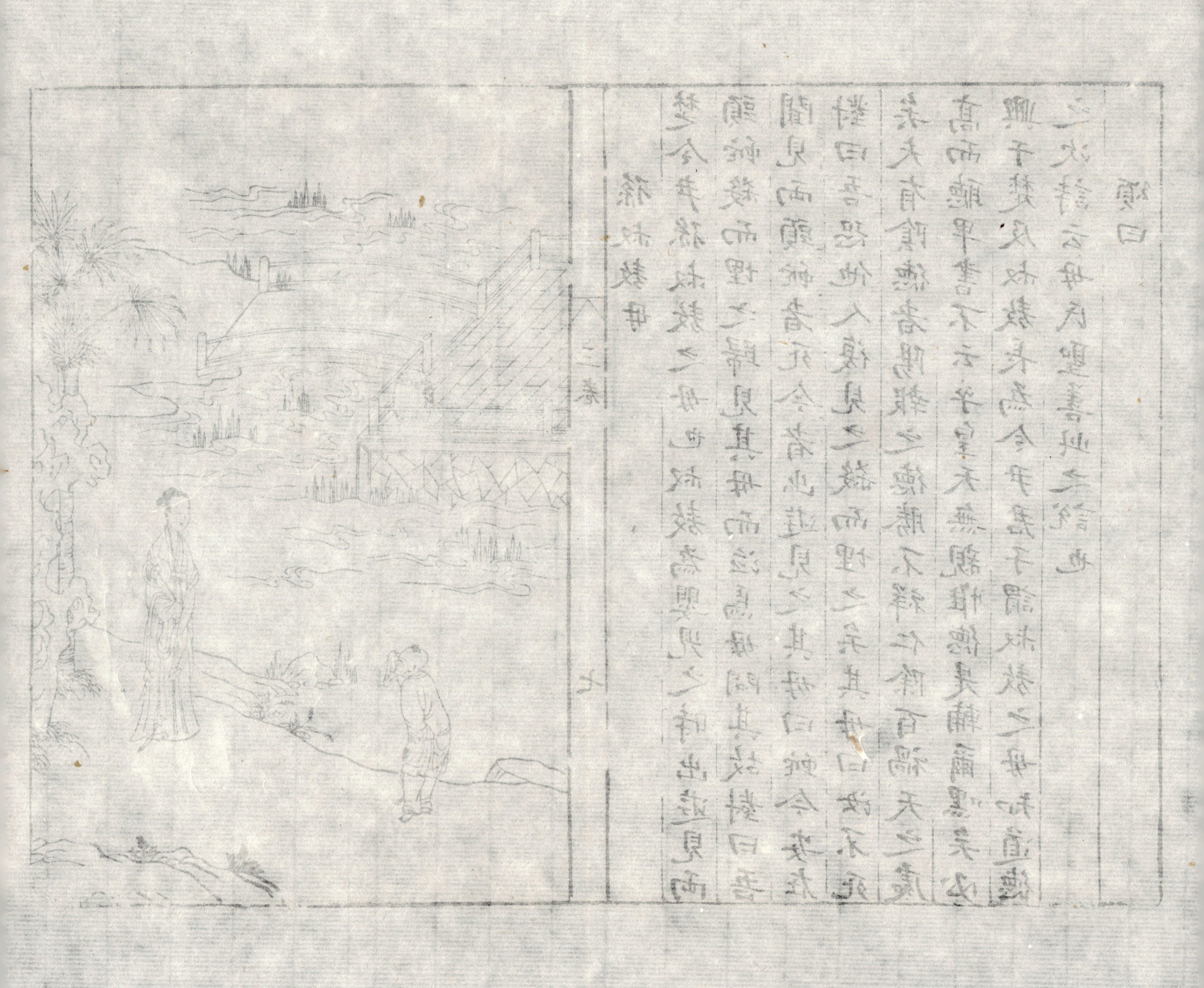

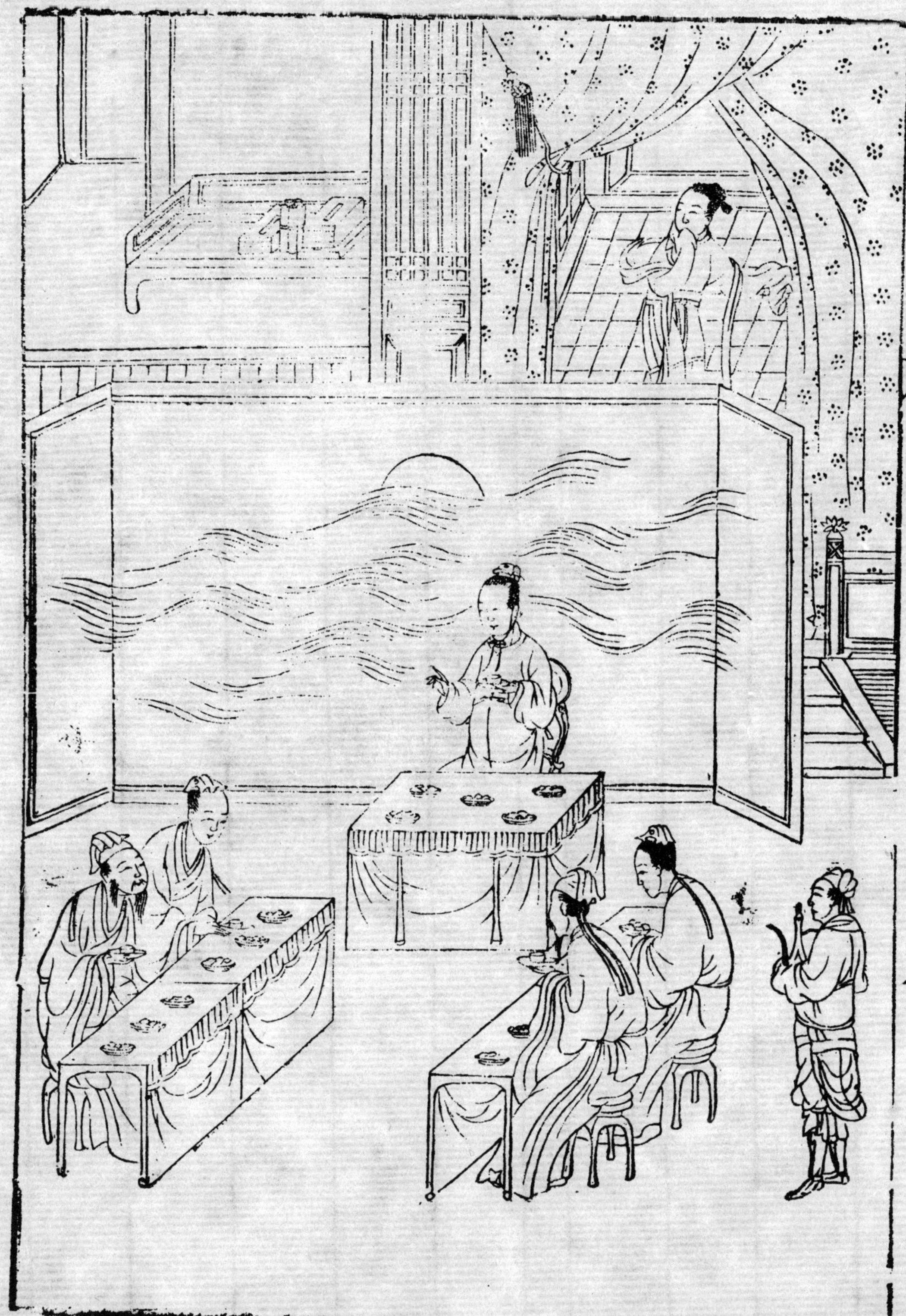

叔敖之母　深知天道　叔敖見蛇　兩頭歧首
殺而埋之　泣恐不及　母曰陰德　不死必壽

晉伯宗妻

晉大夫伯宗之妻也伯宗賢而好以直辯淩人每朝其妻常戒之曰盜憎主人民愛其上有愛好人者必有憎妬人者夫子好直言枉者惡之禍必及身矣伯宗不聽朝而以喜色歸其妻曰子貌有喜色何也伯宗曰吾言于朝諸大夫皆謂我知似陽子妻曰實穀不華至言不飾今陽子華而不實言而無謀是以禍及其身子何喜焉伯宗曰吾欲飲諸大夫酒而與之謀爾試聽之其妻曰諾于是為大會與諸大夫飲既飲而問妻曰何若對曰諸大夫莫子若也然而民之不能戴其上久矣難必及子子之仕固不可易也且國家多貳其危可立待也子何不預結賢大夫以託州犁焉伯宗曰諾乃得畢羊而交之及欒不忌之難郤害伯宗譖而殺之畢羊乃送州犁于荊遂得免焉君子謂伯宗之妻知天道詩云多將熇熇不可救藥此之謂也

頌曰

伯宗淩人　妻知且亡　數諫伯宗　厚許畢羊
屬以州犁　以免咎殃　伯宗遇禍　州犁奔荊

衛靈夫人

衛靈公之夫人也靈公與夫人夜坐聞車聲轔轔至闕而止過闕復有聲公問夫人曰知此謂誰夫人曰此蘧伯玉也公曰何以知之夫人曰妾聞禮下公門式路馬所以廣敬也夫忠臣與孝子不為昭昭變節不為冥冥惰行蘧伯玉衛之賢大夫也仁而有智敬以事上此其人必不以闇昧廢禮是以知之公使視之果伯玉也公反之以戲夫人曰非也夫人酌觴再拜賀公公曰子何以賀寡人夫人曰始妾獨以衛為有蘧伯玉爾今衛復有與之齊者是君有二臣也國

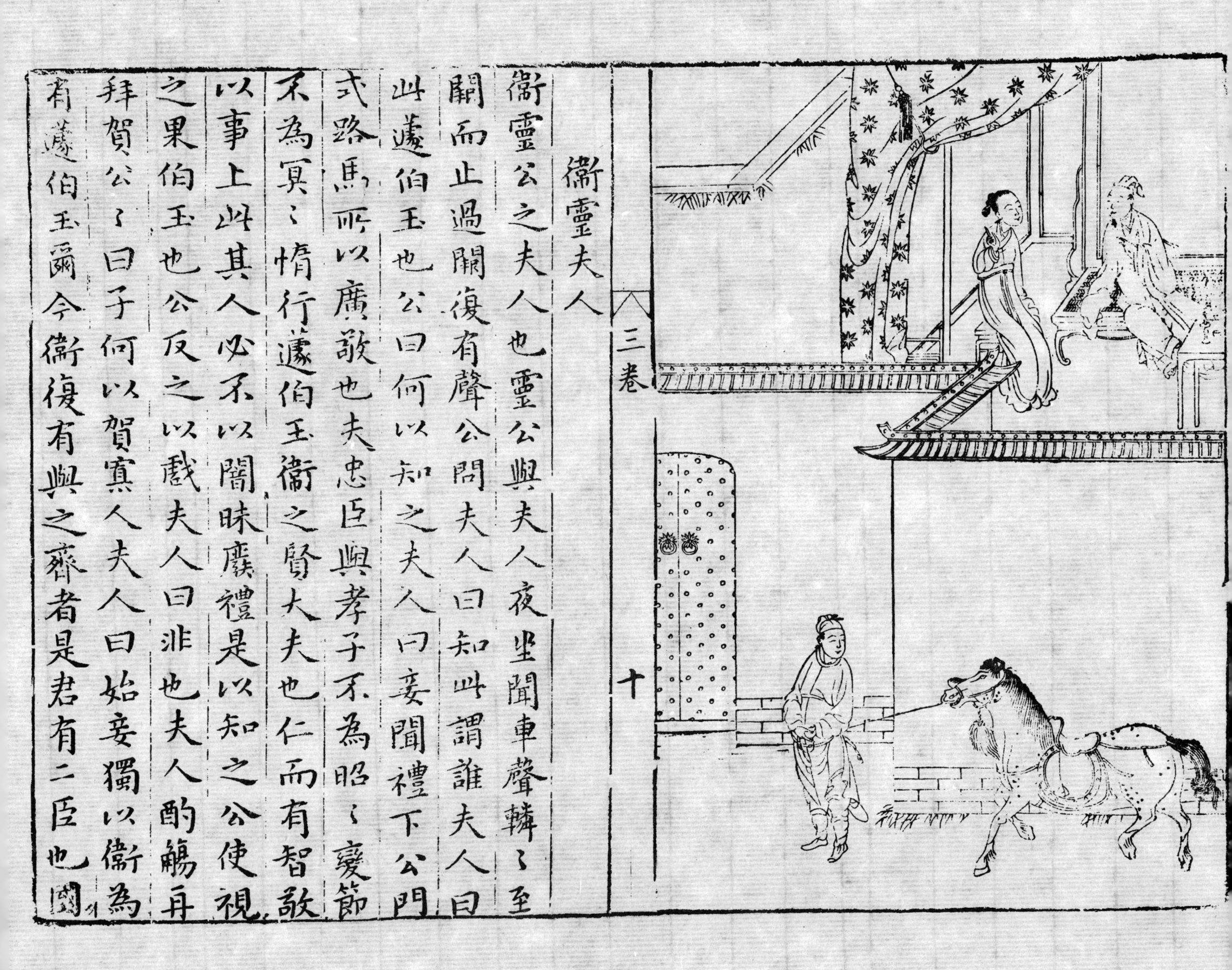

衛靈夫人

衛靈公之夫人也靈公與夫人夜坐聞車聲轔轔至
闕而止過闕復有聲公問夫人曰知此謂誰夫人曰
此蘧伯玉也公曰何以知之夫人曰妾聞禮下公門
式路馬所以廣敬也夫忠臣與孝子不為昭昭變節
不為冥冥惰行蘧伯玉衛之賢大夫也仁而有智敬
以事上此其人必不以闇昧廢禮是以知之公使視
之果伯玉也公反之以戲夫人曰非也夫人酌觴再
拜賀公公曰子何以賀寡人夫人曰始妾獨以衛為
有蘧伯玉爾今衛復有與之齊者是君有二臣也國之

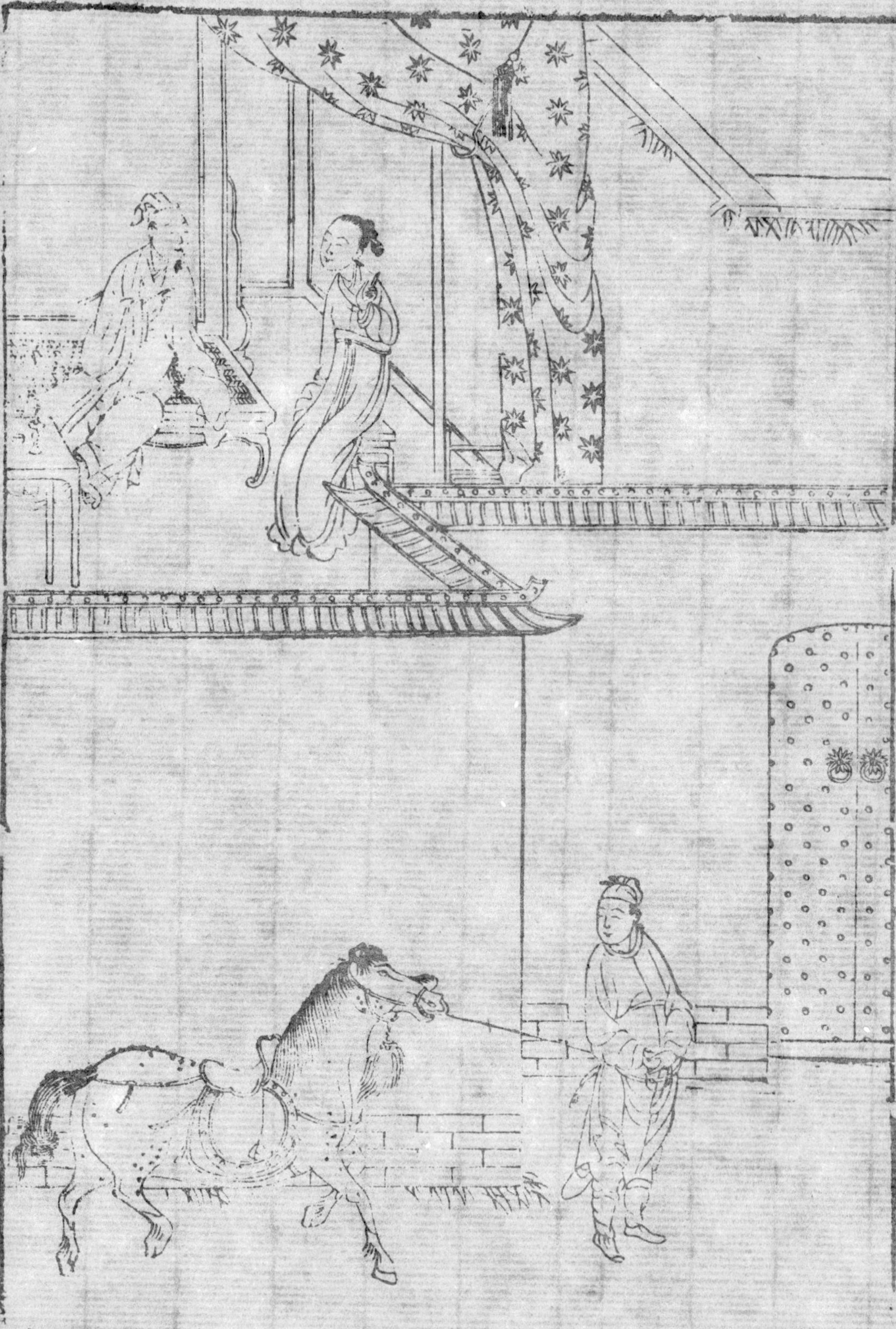

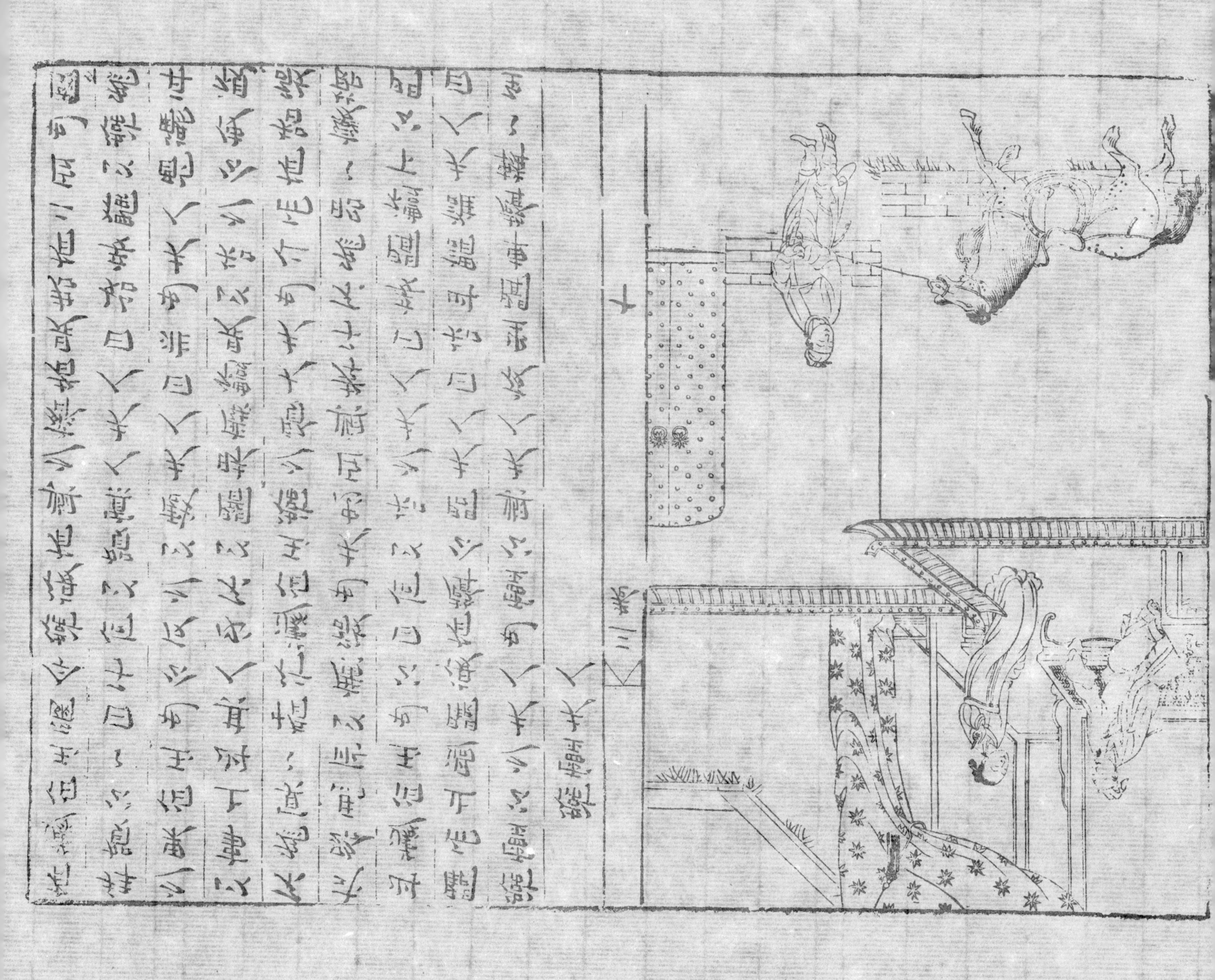

多賢臣國之福也妾是以賀公驚曰善哉遂語夫人其實焉君子謂衛夫人明于知人道夫可欺而不可罔者其明智乎詩云我聞其聲不見其人此之謂也

頌曰

衛靈夜坐　夫人與存　有車轔轔　中止闕門
夫人知之　必伯玉焉　維知識賢　問之信然

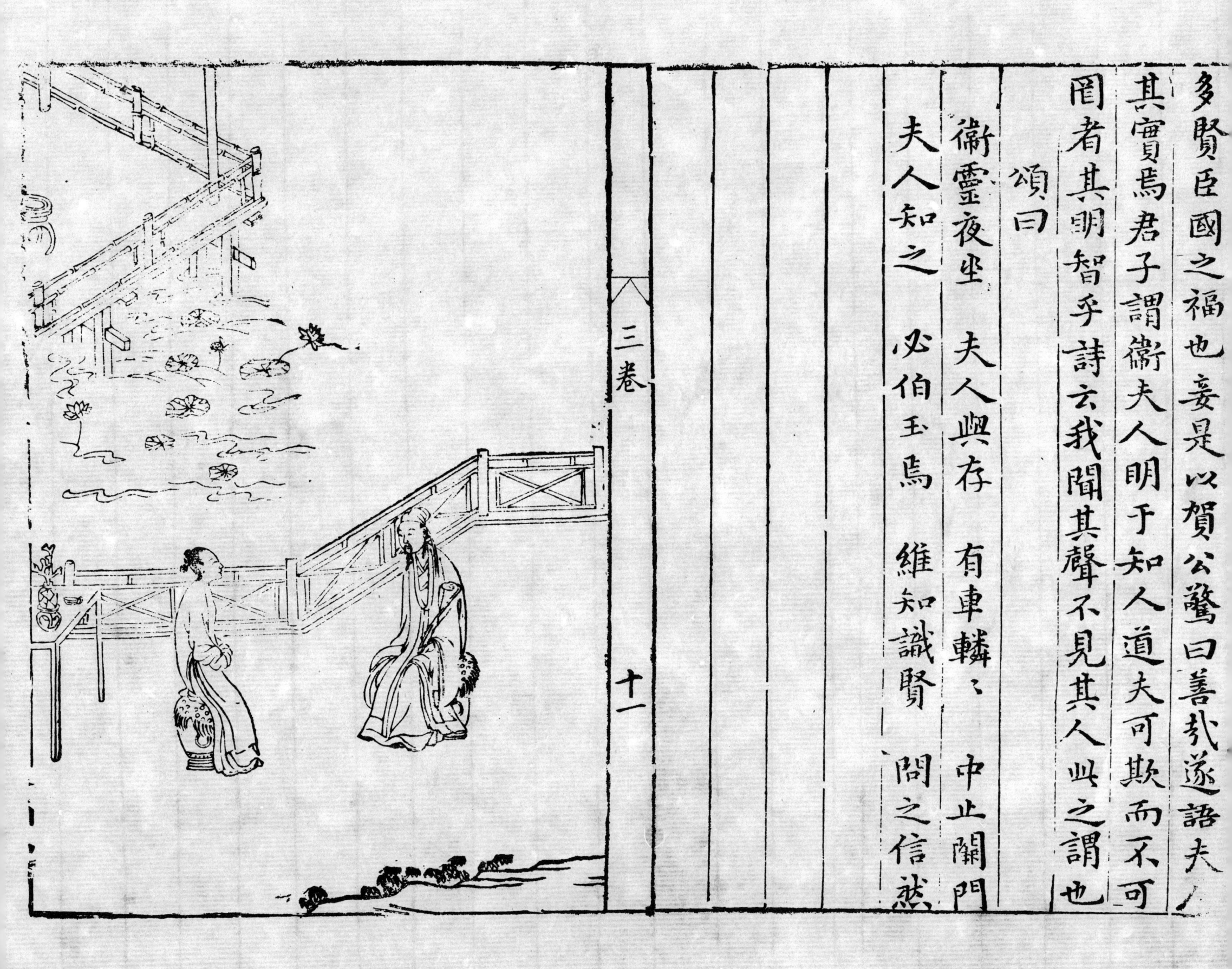

嬖上顧刻有背字

欲迎牙顧刻作微迎光

齊靈仲子

齊靈仲子者宋侯之女齊靈公之夫人也初靈公娶于魯聲姬生子光以為太子夫人仲子與其娣戎子嬖于公仲子生子牙戎子請以牙為太子代光公許之仲子曰不可夫廢常不祥閒諸侯之難失謀夫光之立也列于諸侯矣今無故而廢之是專絀諸侯而以難犯不祥也君心悔之在我而已仲子曰妾非讓也誠禍之萌也以死爭之公終不聽遂逐太子光而立牙為太子高厚為傅靈公疾高厚欲迎牙及公薨崔杼立光而殺高厚以不用仲子之言禍至於此君

子謂仲子明於事理詩云聽用我謀庶無大悔仲子之謂也

頌曰

齊靈仲子　仁智顯明　靈公立牙　廢姬子光
仲子強諫　棄嫡不祥　公既不聽　果有禍殃

顾刻無旁字

陰顾刻微

魯臧孫母

臧孫母者魯大夫臧文仲之母也文仲將為魯使至齊其母送之曰汝刻而無恩好盡人力窮人以為威魯國不容子矣而使子之齊凡奸將作必於變動害子者其于斯發事乎汝其戒之魯與齊通壁鄰之國也魯之寵臣多怨汝者又皆通于齊高子國子是必使齊圖魯而拘汝留之難乎其免也汝必施恩布惠而後出以求助焉于是文仲託于三家厚士大夫而後之齊〻果拘之而興兵欲襲魯文仲陰使人遺公書恐得其書乃謬其辭曰歛小器投諸台食獵犬

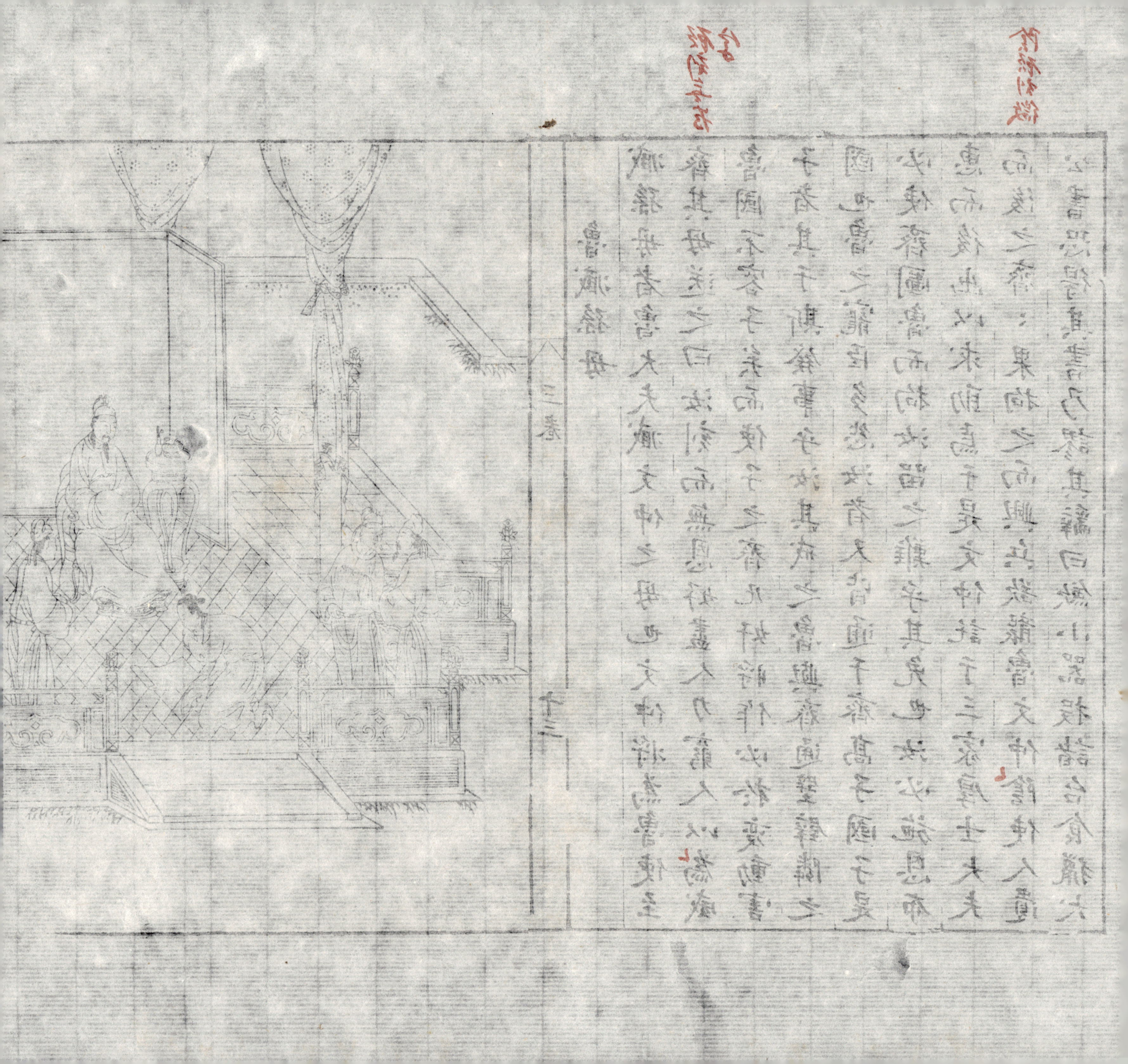

保顧刻係　高顧刻微　危顧刻依

組羊裘琴之合甚思之臧我羊羊有母食我以同魚冠纓不足帶有餘公及大夫相與議之莫能知之人有言臧孫母者世家子也君何不試召而問焉于是召而語之曰吾使臧子之齊今特書來云爾何也臧孫母泣下襟曰吾子拘有木治矣公曰何以知之對曰歛小器投諸台者言取郭外萌內之於城中也食獵犬組羊裘者言趣饗戰鬬之士而繕甲兵也琴之合甚思之者言思妻也臧我羊羊有母是善告妻善養母也食我以同魚同者其文錯錯者所以治鋸鋸者所以治木也是有木治保于獄矣冠纓不足帶有

餘者頭亂不得梳飢不得食也故知吾子拘而有木治矣於是以臧孫母之言軍于境上齊方遣兵將以襲魯聞兵在境上乃還文仲而不伐魯君子謂臧孫母識高見遠詩云陟彼屺兮瞻望母兮此之謂也

頌曰

臧孫之母　刺子好威　必且遇害　使援所危
既厚三家　果拘于齊　母說其書　子遂得歸

晉羊叔姬

叔姬者羊舌子之妻也叔向叔魚之母也一姓楊氏叔向名肸叔魚名鮒羊舌子好正不容于晉去而之三室之邑三室之邑人相與攘羊而遺之羊舌子不受叔姬曰夫子居晉不容去之三室之邑又不容于三室之邑是于夫子不容也不如受之羊舌子受之曰為肸與鮒亨之叔姬曰不可南方有鳥名曰乾吉食其子不擇肉子常不遂今肸與鮒童子也隨大夫而化者不可食以不義之肉不若埋之以明不與于是乃盛以甕埋壚陰後二年攘羊之事發都吏至羊

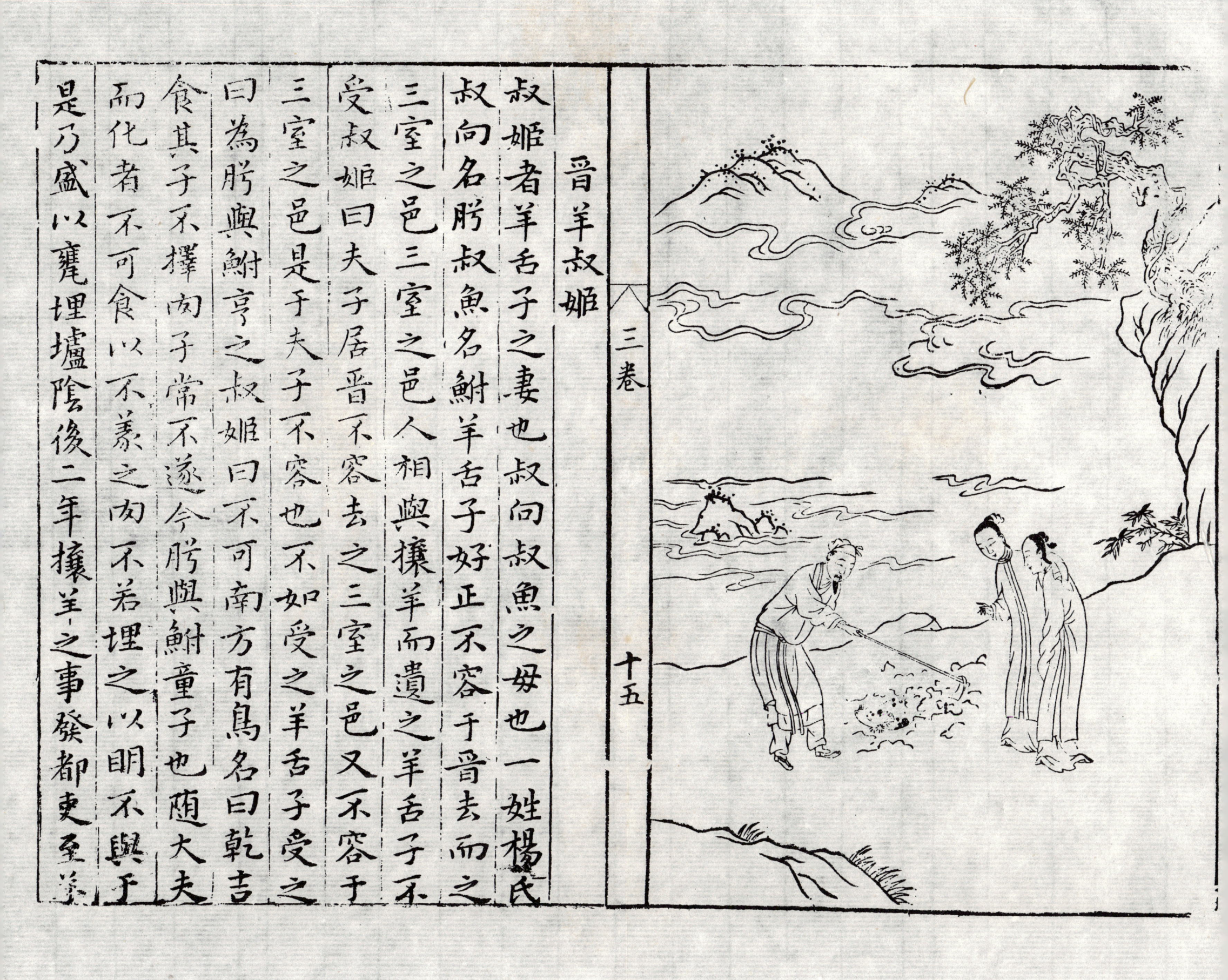

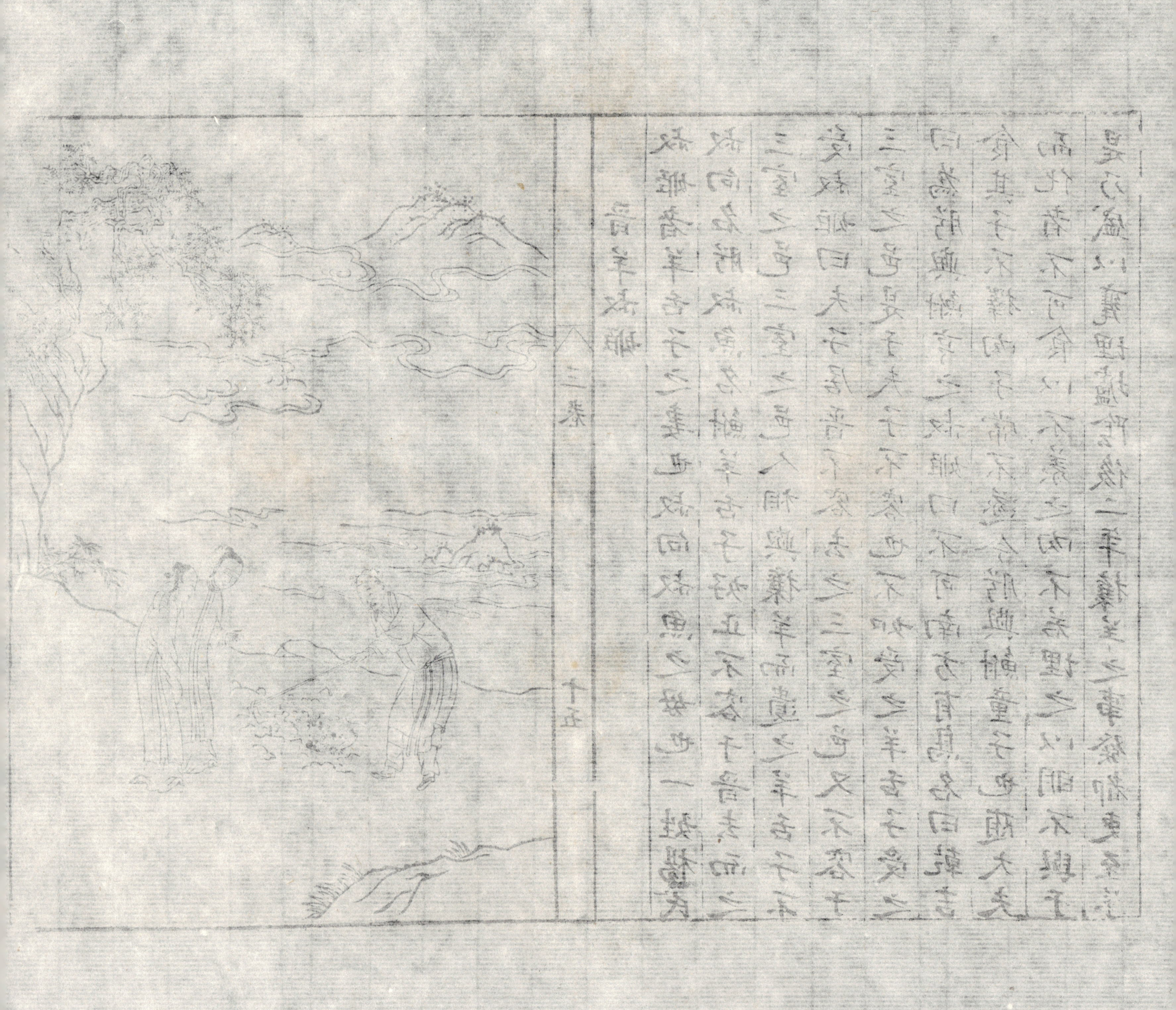

顧刻無而字

舌子曰吾受之不敢食也發而視之則其骨存焉都吏曰君子哉羊舌子不與攘羊之事矣君子謂叔姬為能防害遠疑詩曰無曰不顯莫予云覯此之謂也

叔向欲娶于申公巫臣氏夏姬之女美而有色叔姬不欲娶其族叔向曰吾母之族貴而無庶吾懲舅氏矣叔姬曰子靈之妻殺三夫一君一子而亡一國兩卿矣爾不懲此而反懲吾族何也且吾聞之有奇福者必有奇禍而有甚美者必有甚惡今是鄭穆少妃姚子之子子貉之妹也子貉早死無後而天鍾美于是將必以是大有敗也昔有仍氏生女髮黑而甚美

楊顧本揚

伯碩下顧本重伯碩二字

光可監人名曰玄妻樂正夔娶之生伯封宕有豕心忿戾毋期貪婪無饜謂之封豕有窮后羿滅之夔是用不祀且三代之亡恭太子之廢皆是物也汝何以為哉夫有美物足以移人苟非德義則必有禍也叔向懼而不敢娶平公強使娶之生楊食我食我號曰伯碩生時侍者謁之叔姬曰長姒產男叔姬往視之及堂聞其號也而還曰豺狼之聲也狼子野心今將滅羊舌氏者必是子也遂不肯見及長與祁勝為亂晉人殺食我羊舌氏由是遂滅君子謂叔姬為能推類詩云如彼泉流無淪胥以敗此之謂也叔姬之始

梁校作饜

知顧本推

生叔魚也而視之曰是虎目而豕喙鳶肩而牛腹谿壑可盈是不可饜也必以賂死遂不見及叔魚長為國贊理邢侯與雍子爭田雍子入其女於叔魚以求直邢侯殺叔魚與雍子于朝韓宣子患之叔向曰三姦同罪請殺其生者而戮其死者遂族邢侯氏而尸叔魚與雍子于市叔魚卒以貪死叔姬可謂知矣詩云貪人敗類此之謂也

頌曰

叔向之母　察于情性　知人之生　以窮其命

叔魚食我　皆貪不正　必以貨死　果卒分爭

開疑本閒

夫疑本去

晉范氏母

晉范氏母者范獻子之妻也其三子遊于趙氏趙簡子乘馬園中園中多株問三子曰奈何長者曰明君不問不為亂君不問而為中者曰愛馬足則無愛民力愛民力則無愛馬足少者曰可以三德使民設令伐株于山將有馬為也已而開囿示之株夫山遠而囿近是民一悅矣夫險阻之山而伐平地之株民二悅矣既畢而賤賣民三悅矣簡子從之民果三悅少子伐其謀歸以告母母喟然嘆曰終滅范氏者必是子也夫伐功施勞鮮能布仁乘偽行詐莫能久長其後智伯滅范氏君子謂范氏母為知難本詩曰無忝皇祖式救爾後此之謂也

頌曰

范氏之母　貴德尚信　小子三悅　以詐與民
知其必滅　鮮能有仁　後果逢禍　身死國分

魯公乘姒

魯公乘姒者魯公乘子皮之姒也其族人死姒哭之甚悲子皮止姒曰安之吾今嫁姊矣已過時子皮不復言也魯君欲以子皮為相子皮問姒曰魯君欲以我為相為之乎姒曰勿為也子皮曰何也姒曰夫臨喪而言嫁一何不習禮也後過時而不言一何不達人事也子內不習禮而外不達人事子不可以為相子皮曰姒欲嫁何不早言姒曰婦人之事唱而後和吾豈以欲嫁之故數子乎子誠不習於禮不達於人事以此相一國據大政何以理之譬猶揜目而別黑

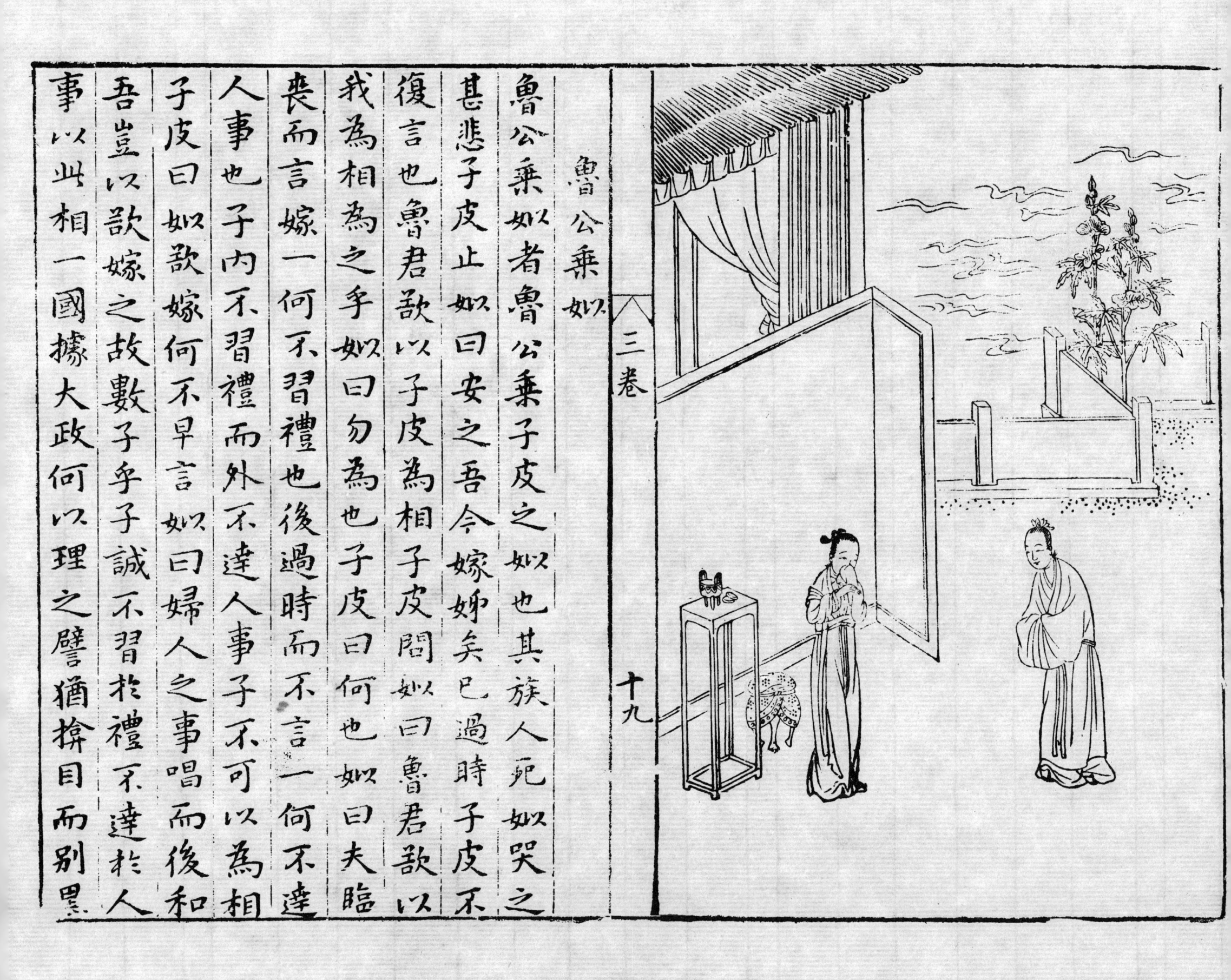

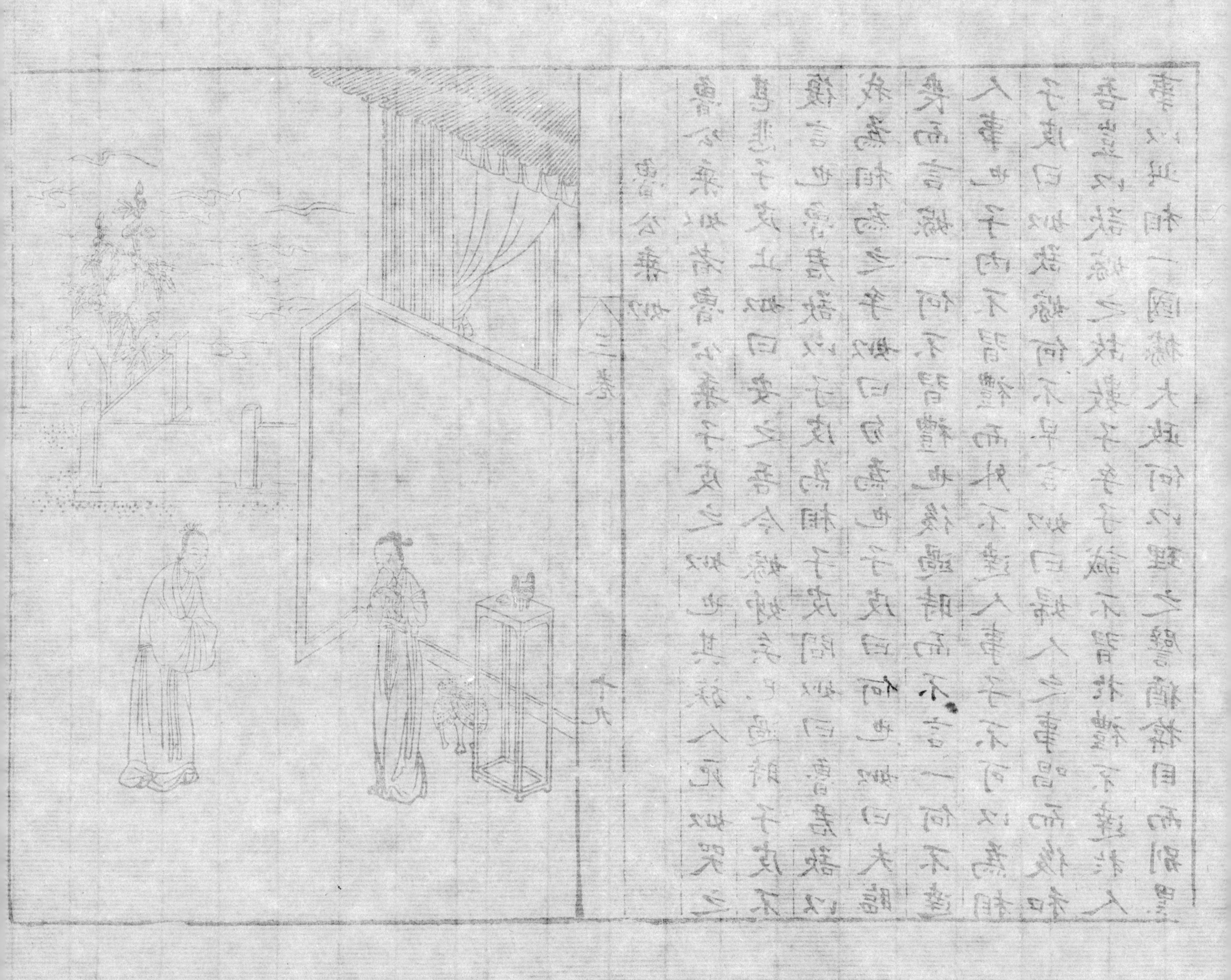

白也掩目而別黑白猶無患也不違人事而相國非
有天咎必有人禍子其勿為也子皮不聽卒受其相
居未期年果誅而死君子謂公乘姒緣事而知弟之
遇禍也可謂智矣待禮然後動不苟觸情可謂貞矣
詩云蘀兮蘀兮風其吹汝叔兮伯兮唱予和汝又曰
百爾所思不如我所之此之謂也

頌曰

子皮之姊　明事分禮　子皮相魯　知其禍起
姊諫子皮　殆不如止　子皮不聽　卒為宗恥

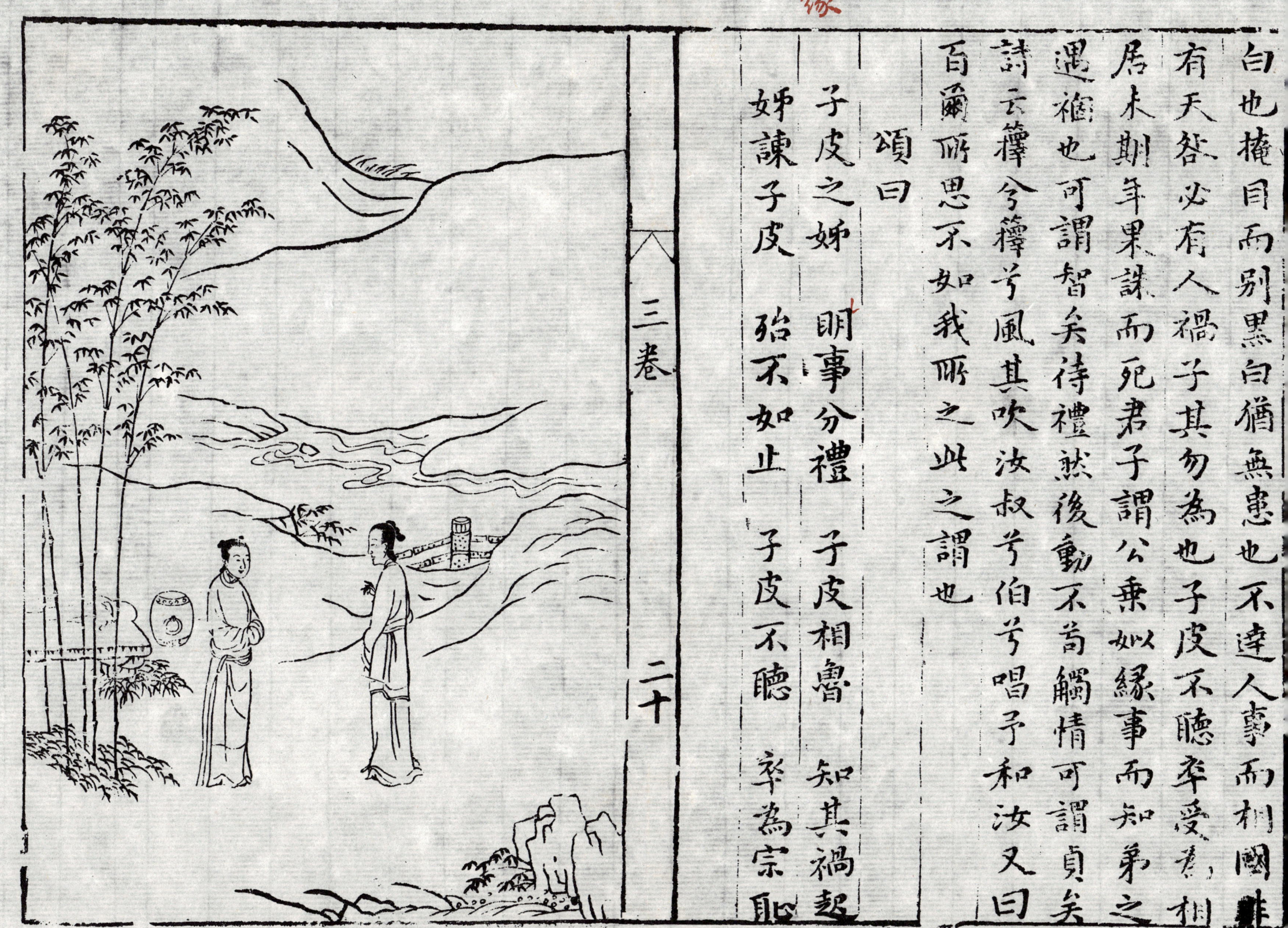

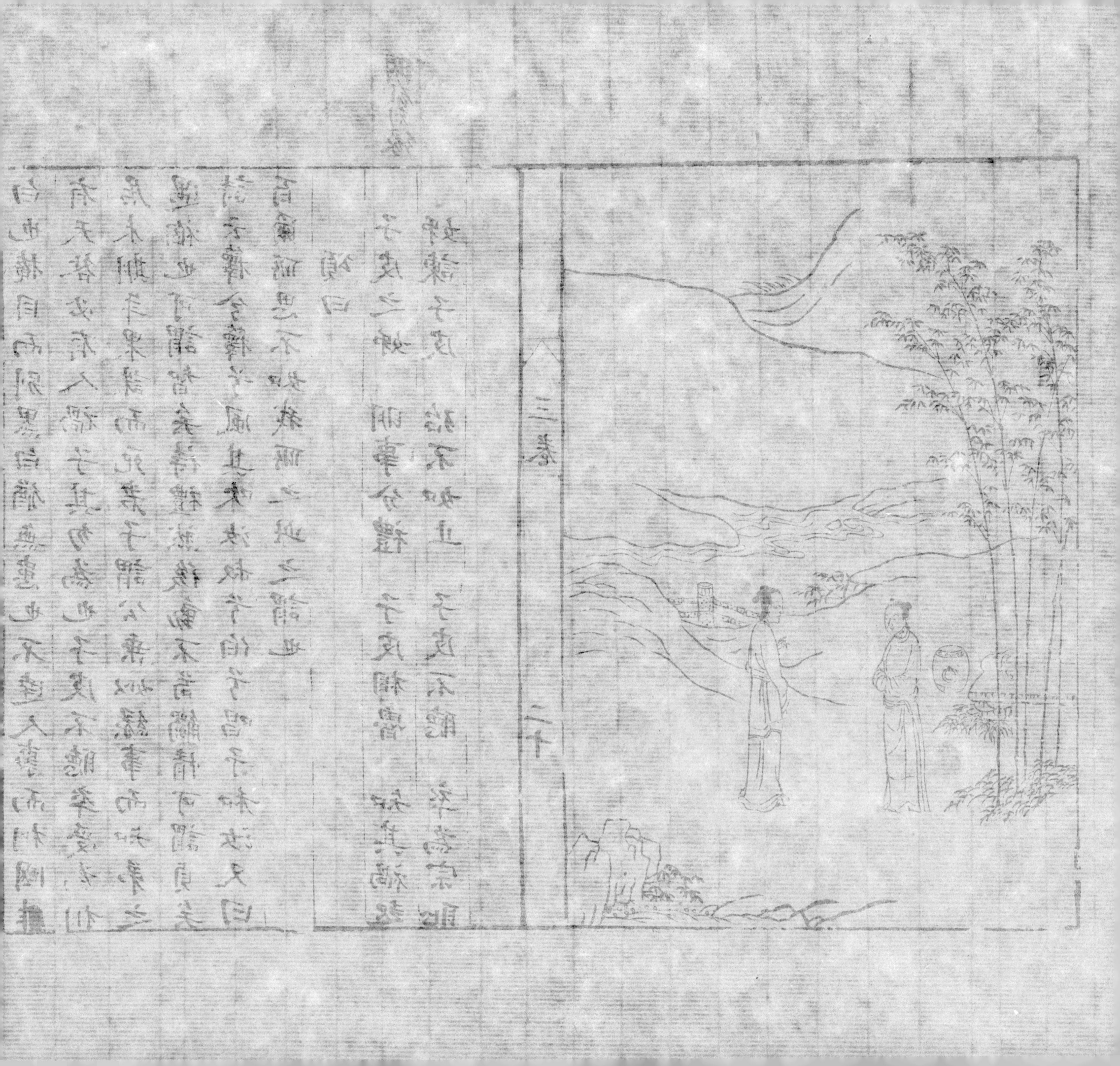

魯漆室女

漆室女者魯漆室邑之女也過時未適人當穆公時君老太子幼女倚柱而嘯旁人聞之莫不為之慘者其隣人婦從之遊謂曰何嘯之悲也子欲嫁耶吾為子求偶漆室女曰嗟乎始吾以子為有知今無識也吾豈為不嫁不樂而悲哉吾憂魯君老太子幼隣婦笑曰此乃魯大夫之憂婦人何與焉漆室女曰不然非子所知也昔晉客舍吾家繫馬園中馬佚馳走踐吾葵使我終歲不食葵鄰人女奔隨人亡其家倩吾兄行追之逢霖水出溺流而死令吾終身無兄吾聞

河潤九里漸洳三百步今魯君老悖太子少愚愚偽日起夫魯國有患者君臣父子皆被其辱禍及衆庶婦人獨安所避乎吾甚憂之子乃曰婦人無與者何哉鄰婦謝曰子之所慮非妾所及三年魯果亂齊楚攻之魯連有寇男子戰鬬婦人轉輸不得休息君子曰遠矣漆室女之思也詩云知我者謂我心憂不知我者謂我何求此之謂也

頌曰

漆室之女　計慮甚妙　維魯且亂　倚柱而嘯
君老嗣幼　愚悖姦生　魯果擾亂　齊伐其城

魏曲沃負

曲沃負者魏大夫如耳母也秦立魏公子政為魏太子魏哀王使使者為太子納妃而美王將自納焉曲沃負謂其子如耳曰王亂于無別汝胡不匡之方今戰國強者為雄義者顯焉今魏不能強王又無義何以持國乎王中人也不知其為禍耳汝不言則魏必有禍矣有禍必及吾家汝言以盡忠忠以除禍不可失也如耳未遇門會使于齊負因款王門而上書曰曲沃之老婦也心有所懷願以聞於王王召入負曰妾聞男女之别國之大節也婦人脆于志窊于心不

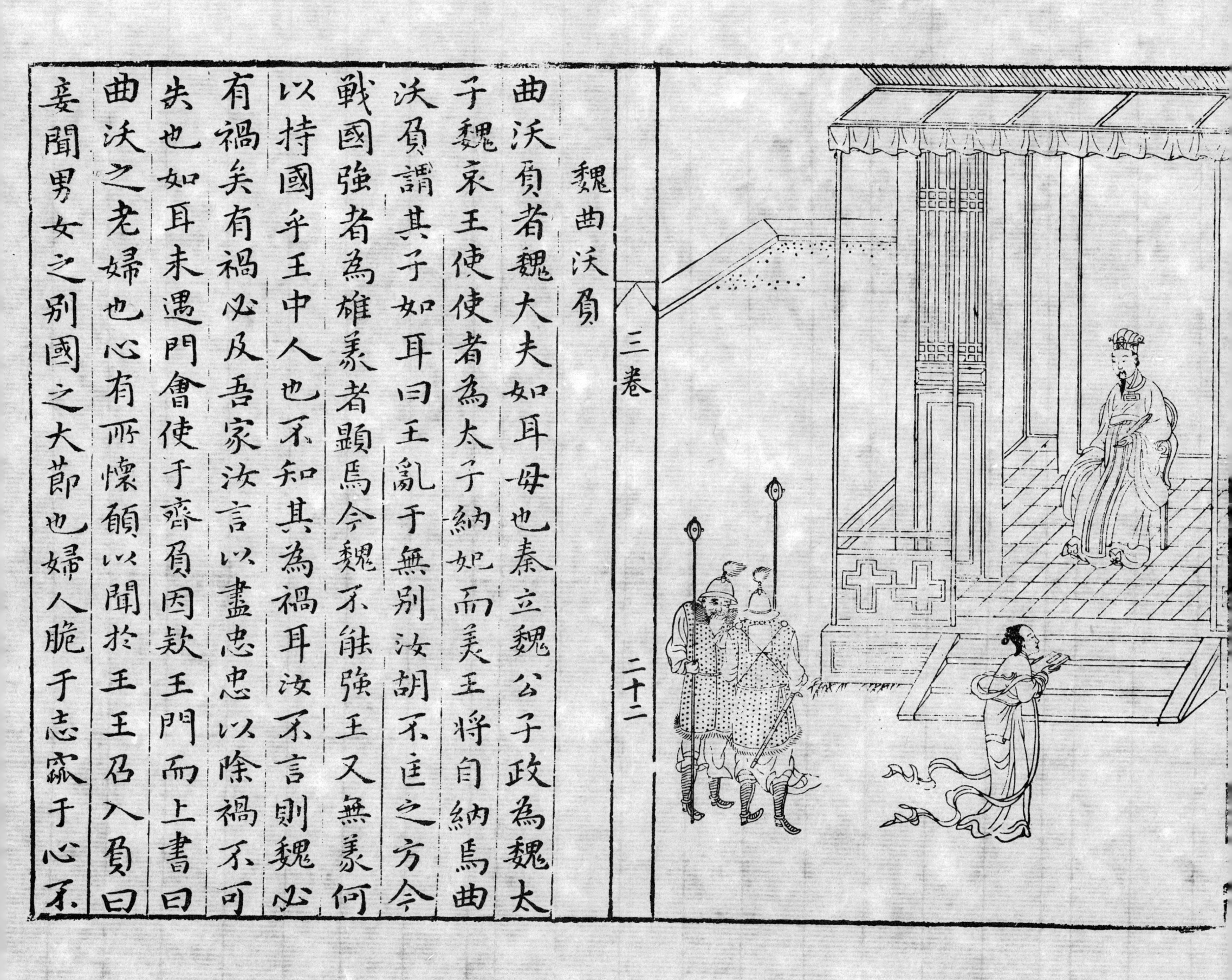

子顧刻女
大大顧刻作務敵
強顧刻從
賞顧刻賜

可以邪開也昇故必十五而笄二十而嫁早成其號謚所以就之也聘則為妻奔則為妾所以開善遏淫也節成然後許嫁親迎然後隨從貞女之義也今大王為太子求妃而自納之于後宮此毀貞女之行而亂男子之別也自古聖王必正妃匹妃匹正則興不正則亂夏之興也以塗山亡也以末喜殷之興也以有㜪亡也以妲己周之興也以大姒亡也以褒姒周之康王夫人晏出朝關雎起興思得淑女以配君子夫雎鳩之鳥猶未嘗見乘居而匹處也夫男女之盛合之以禮則父子生焉君臣成焉故為萬物始君臣

父子夫婦三者天下之大綱紀也三者治則治亂則亂今大王亂人道之始棄綱紀之大大國五六南有強楚西有橫秦而魏國居其閒可謂僅存矣王不憂此而從亂無別父子同女妾恐大王之國政危矣王曰然寡人不知也遂與太子妃而賞負三十鐘如耳還而爵之哀王勤行自修勞來國家而齊楚強秦不敢加兵焉君子謂魏負知禮詩云敬之敬之天維顯思此之謂也

頌曰

魏負聰達　非刺哀王　王子納妃　禮別不明

三卷

二十四

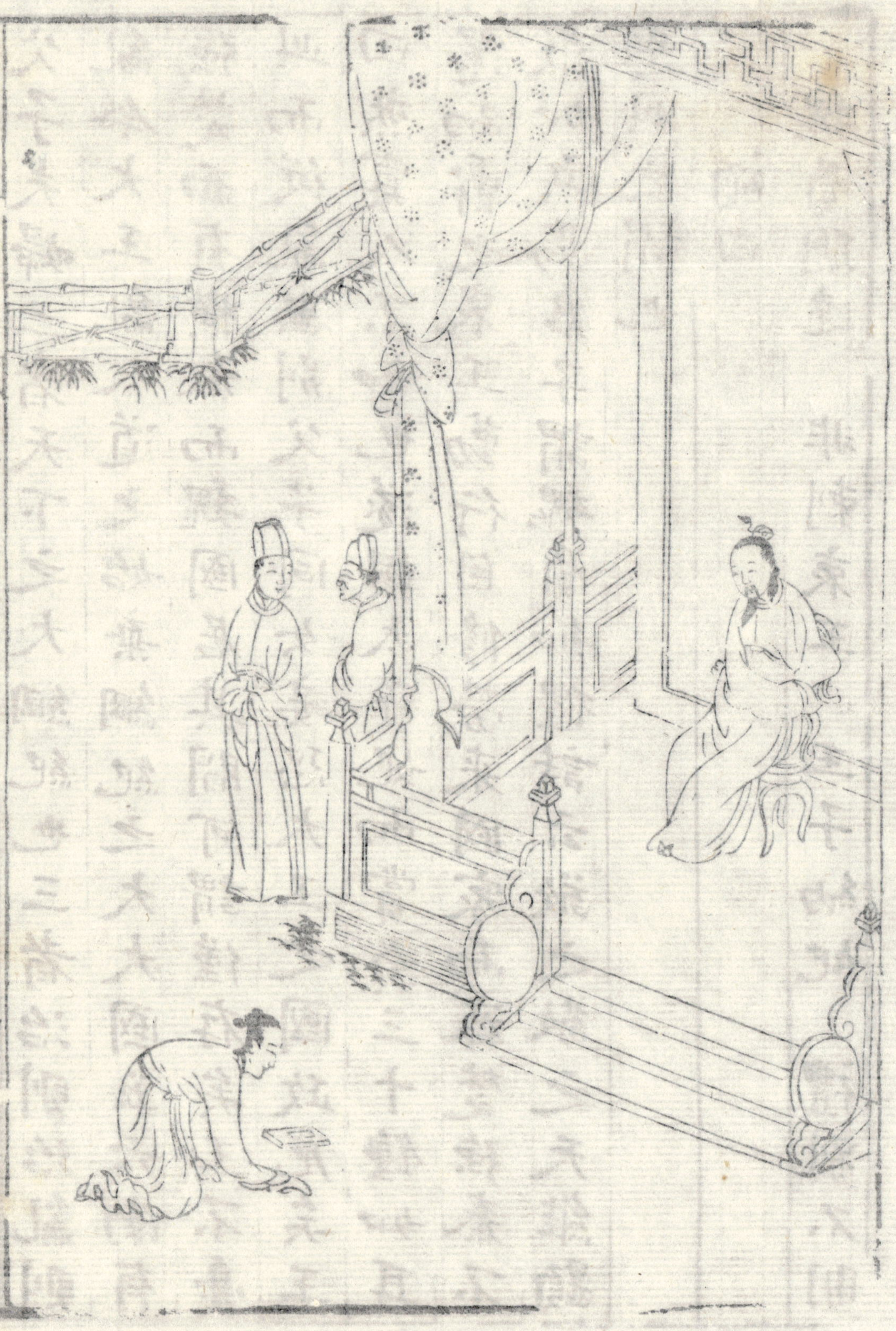

也顧刻以

藏顧刻臧

十二字從顧本增

趙將括母

趙將馬服君趙奢之妻趙括之母也秦攻趙孝成王使括代廉頗為將將行括母上書言于王曰括不可使將王曰何也曰始妾事其父父時為將身所奉飯者以十數所友者以百數大王及宗室所賜幣者盡以與軍吏士大夫受命之日不問家事今括一旦為將東向而朝軍吏吏無敢仰視之者王所賜金帛歸盡藏之乃日視便利田宅可買者王以為若其父乎父子不同執心各異願勿遣王曰毋置之吾計已決矣括母曰王終遣之即有不稱妾得無隨乎王曰不

也括既行代廉頗三十餘日趙兵果敗括死軍覆王以括母（先言故卒不加誅君子謂括母）為仁智詩曰老夫灌灌小子蹻蹻匪我言耄爾用憂謔此之謂也

頌曰

孝成用括　代頗拒秦　括母獻書　知其覆軍
願止不得　請罪止身　括死長平　妻子得存

劉向古列女傳卷之三終

趙將括母

趙將馬服君趙奢之妻也秦攻趙孝成王

使括代廉頗為將將行括母上書言于王曰括不可

使將王曰何也曰始妾事其父父時為將身所奉飯

者以十數所友者以百數大王及宗室所賞賜者盡

以與軍吏士大夫受命之日不問家事今括一旦為

將東向而朝軍吏吏無敢仰視之者王所賜金帛歸

盡藏之乃日視便利田宅可買者王以為若其父乎

父子不同執心各異願勿遣王曰母置之吾計已決

矣括母曰王終遣之即有不稱妾得無隨乎王曰不

三卷　二十五

也括既行代廉頗三十餘日趙兵果敗括死軍覆王

以括母先言詩曰老夫灌灌小子蹻蹻匪我言耄

[illegible]謂之語也

頌曰

孝成用括　代頗距秦　括母獻書　知其覆軍

願止不遣　請罪止身　括死長平　妻子得存

劉向古列女傳卷之三終

劉向古列女傳卷之四

貞順傳

召南申女

召南申女者申人之女也既許嫁于酆夫家禮不備而欲迎之女與其人言以為夫婦者人倫之始也不可不正傳曰正其本則萬物理失之毫釐差之千里是以本立而道生源潔而流清故嫁娶者所以傳重承業繼續先祖為宗廟主也夫家輕禮違制不可以行遂不肯往夫家訟之于理致之于獄女終以一物不具一禮不備守節持義必死不往而作詩曰雖速

我獄室家不足言夫家之禮不備足也君子以為得
婦道之儀故舉而揚之傳而法之以絕無禮之求防
淫慾之行焉又曰雖速我訟亦不女從此之謂也

頌曰

召南申女　貞一脩容　夫禮不備　終不肯從
要以必死　遂至獄訟　作詩明意　後世稱誦

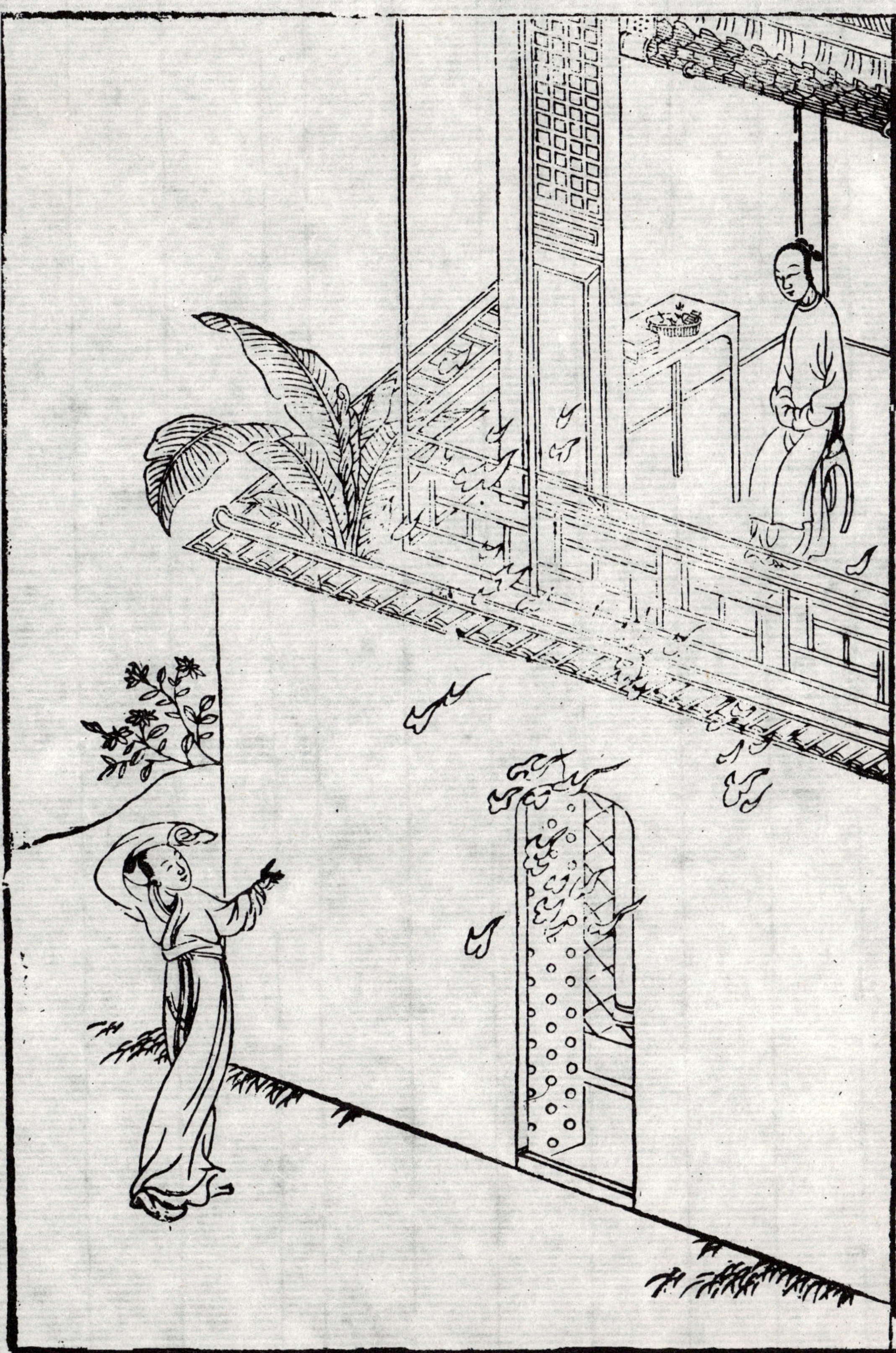

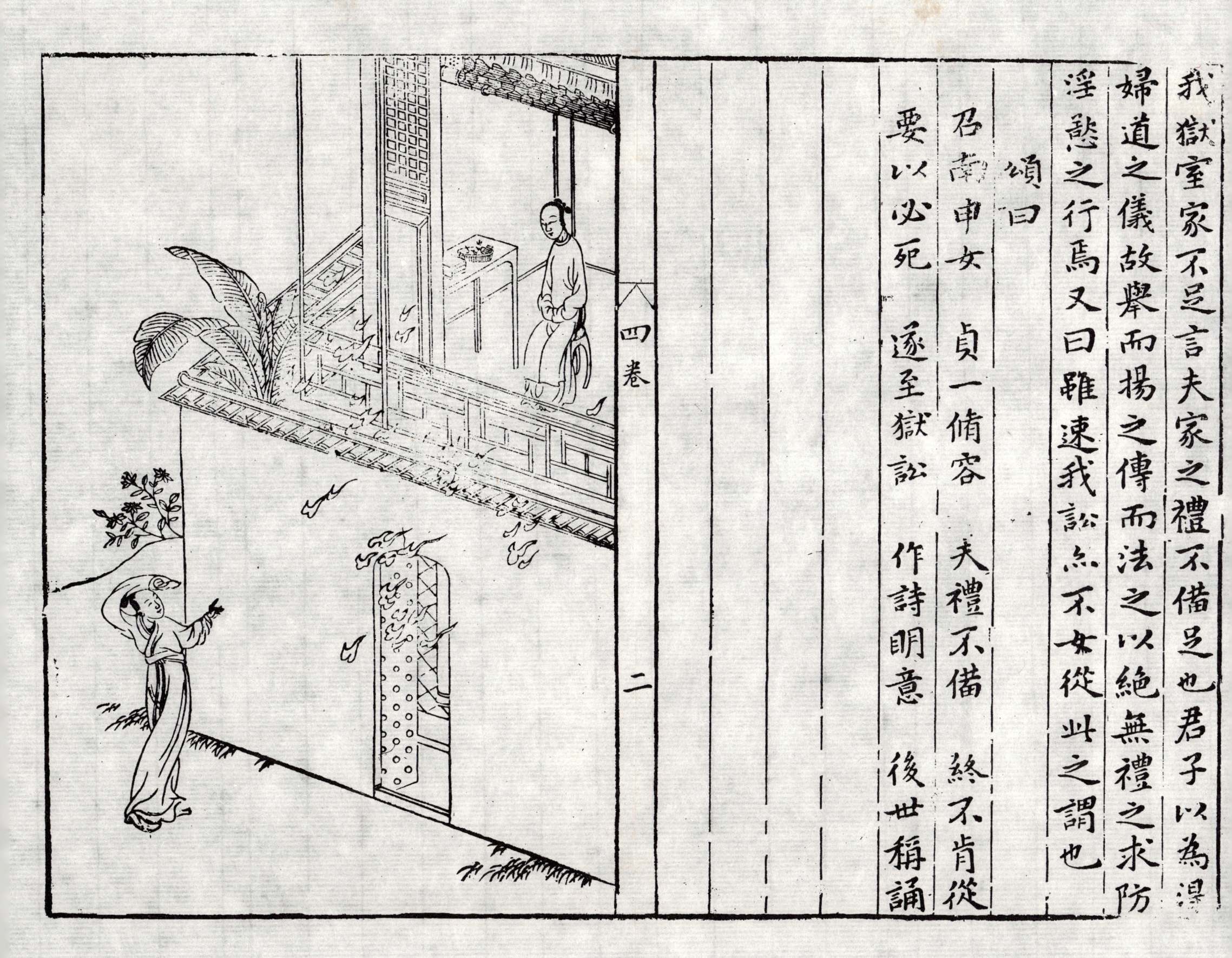

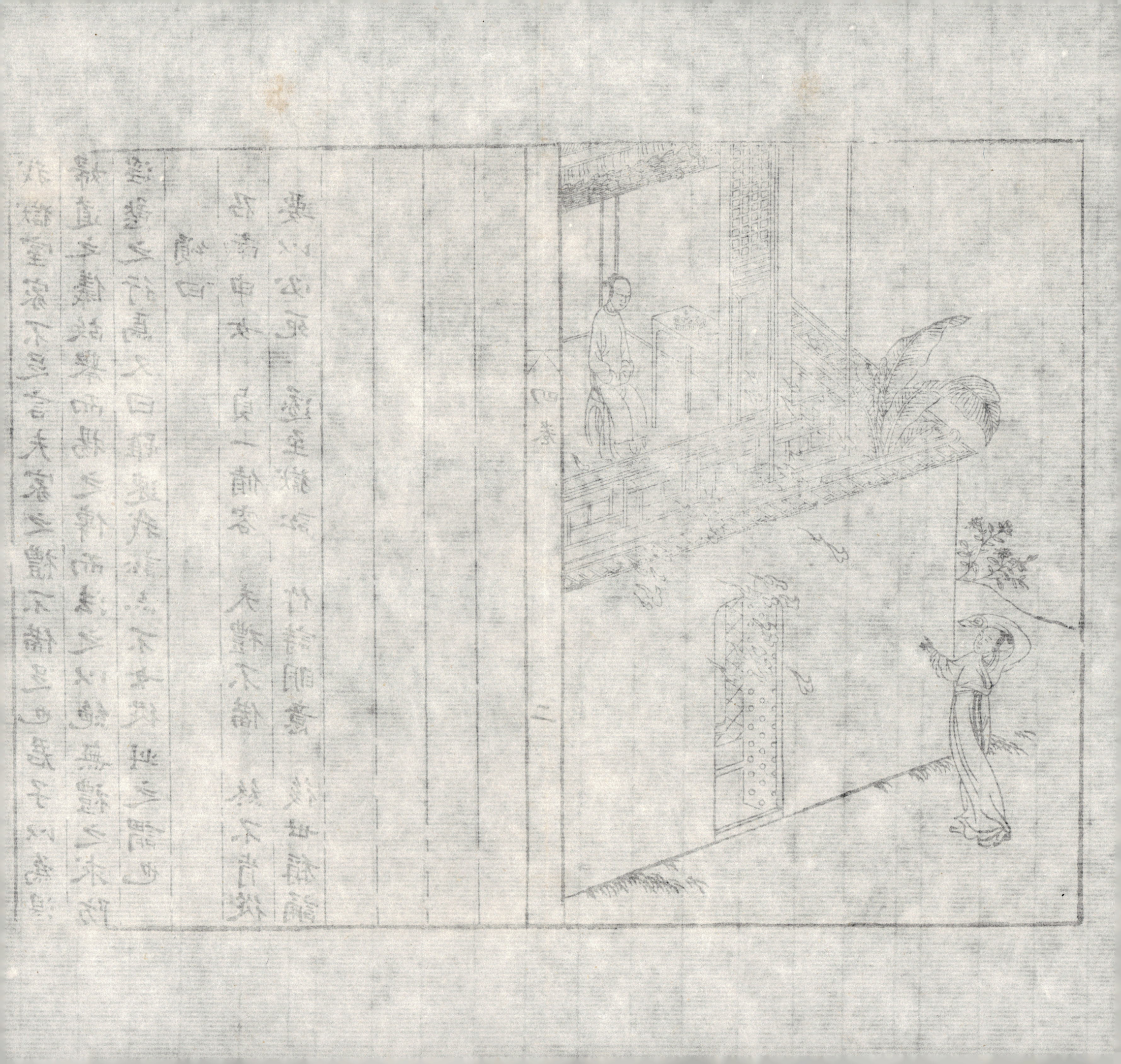

宋恭伯姬

伯姬者魯宣公之女成公之妹也其母曰繆姜嫁伯姬于宋恭公恭公不親迎伯姬迫于父母之命而行既入宋三月廟見當行夫婦之道伯姬以恭公不親迎故不肯聽命宋人告魯魯使大夫季文子如宋致命于伯姬還復命公享之繆姜出于房再拜曰大夫勤勞于遠道辱送小子不忘先君以及後嗣使下而有知先君猶有望也敢再拜大夫之辱伯姬既嫁于恭公十年恭公卒伯姬寡至景公時伯姬嘗遇夜失火左右曰夫人少避火伯姬曰婦人之義保傅不俱

夜不下堂待保傅來也保母至矣傅母未至也左右又曰夫人少避火伯姬曰婦人之義傅母不至夜不可下堂越義而生不如守義而死遂逮于火而死春秋詳録其事為賢伯姬以為婦人以貞為行者也伯姬之婦道盡矣當此之時諸侯聞之莫不悼痛以為死者不可以生財物猶可復故相與聚會于澶淵償宋之所喪春秋善之君子曰禮婦人不得傳母夜不下堂行必以燭伯姬之謂也詩云淑慎爾止不愆于儀伯姬可謂不失儀矣

頌曰

伯姬心專　守禮一意　宮夜失火　保傅不備
逮火而死　厥心靡悔　春秋賢之　詳録其事

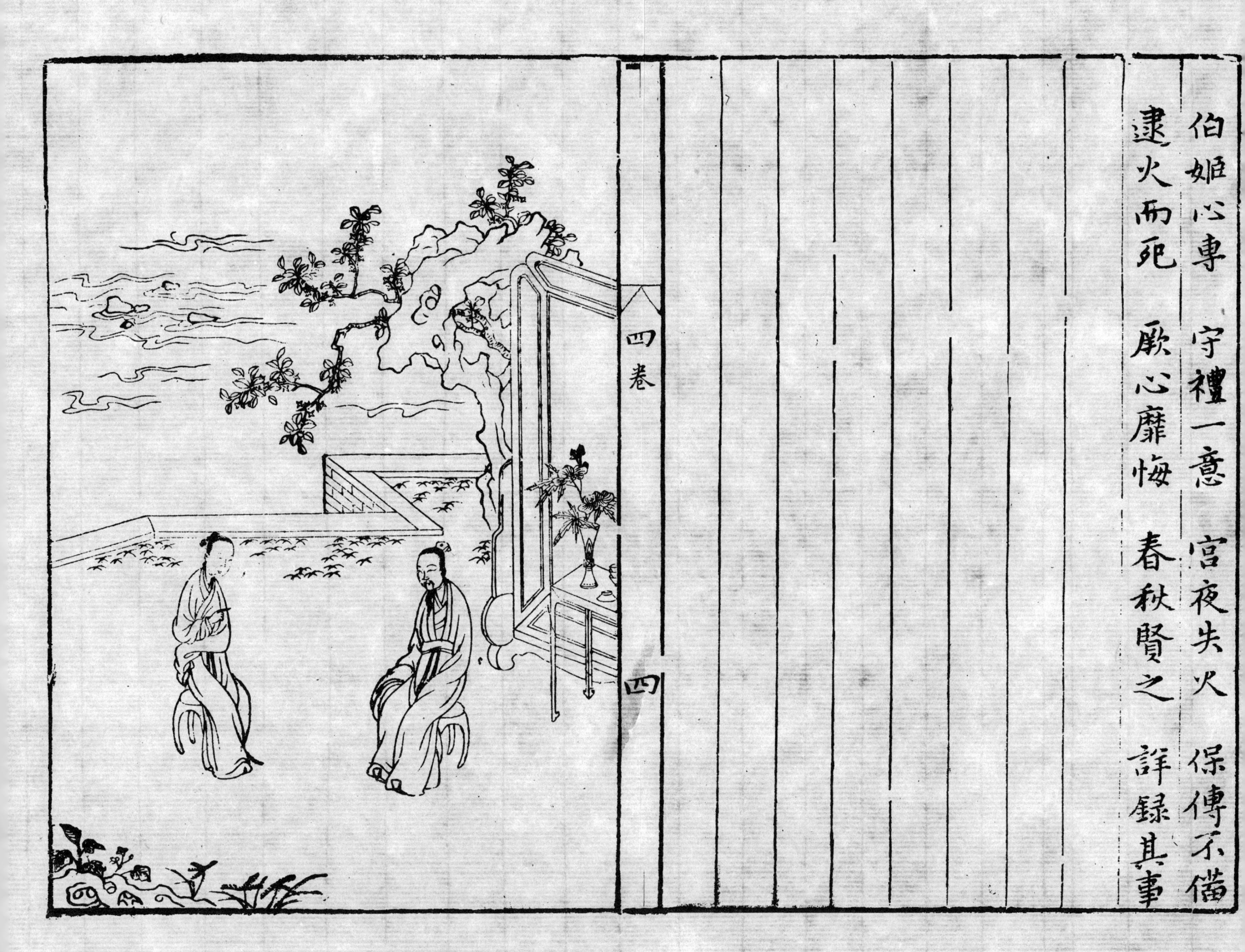

一顧刻壹

衛宣夫人

夫人者齊侯之女也嫁于衛至城門而衛君死保毋曰可以還矣女不聽遂入持三年之喪畢弟立請曰衛小國也不容二庖請願同庖終不聽衛君使人愬于齊兄弟齊兄弟皆欲與君使人告女〻終不聽乃作詩曰我心匪石不可轉也我心匪席不可卷也厄窮而不憫勞辱而不苟然後能自致也言不失也然後可以濟難矣詩曰威儀棣〻不可選也言其左右無賢臣皆順其君之意也君子美其貞一故舉而列之于詩也

顧刻無之字

一顧刻壹下同

擷

蔡人之妻

蔡人之妻者宋人之女也既嫁于蔡而夫有惡疾其母將改嫁之女曰夫之不幸乃妾之不幸也柰何去之適人之道一與之醮終身不改不幸遇惡疾不改其意且夫采〻芣苢之草雖其臭惡猶始于捋采之終于懷襭之浸以益親況于夫婦之道乎彼無大故又不遣妾何以得去終不聽其母乃作芣苢之詩君子曰宋女之意甚貞而一也

頌曰

宋女專慤　持心不頎　夫有惡疾　意猶一精

毋勸去歸　作詩不聽　詩人美之　以為順貞

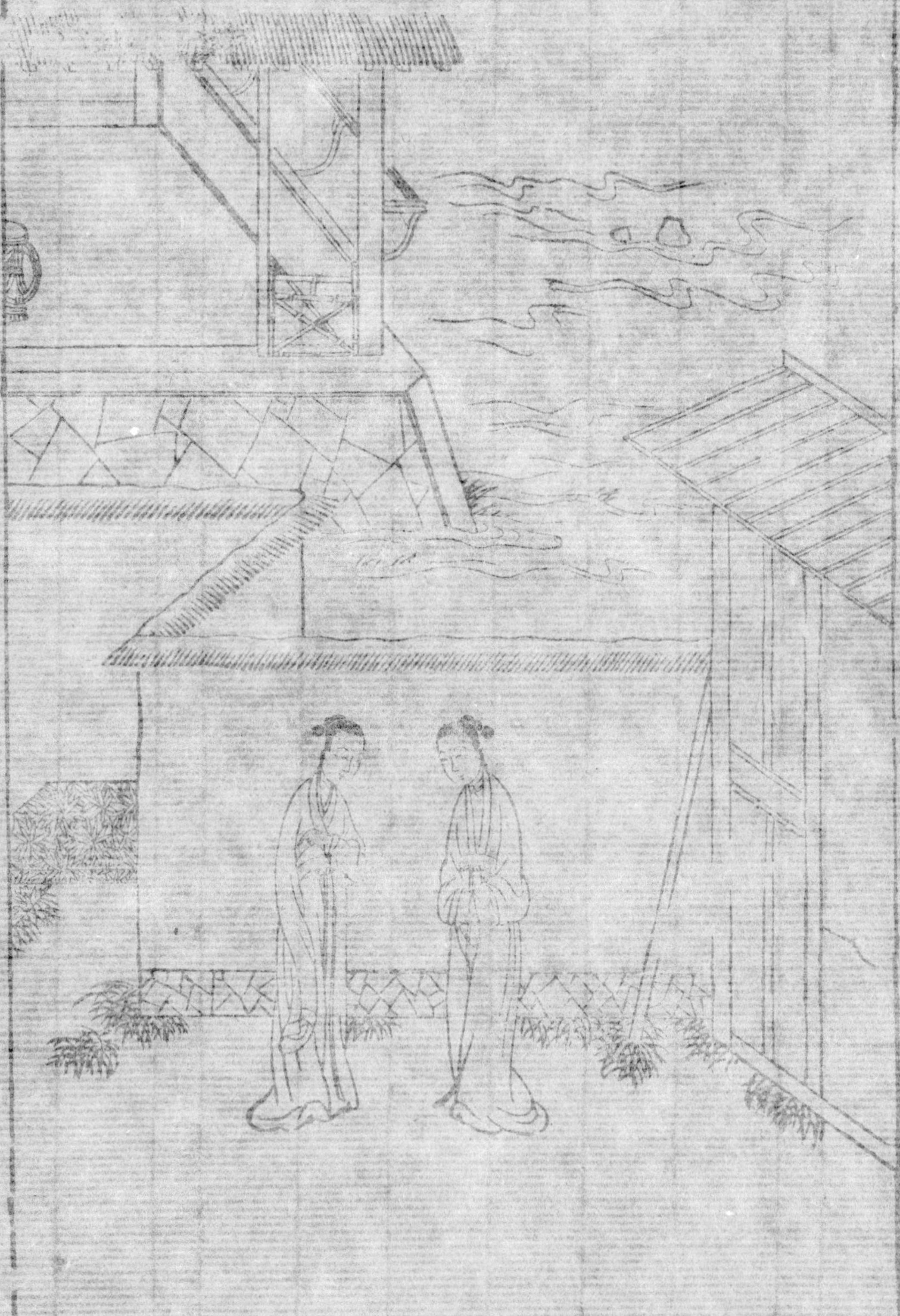

露顧刻路
偶顧刻遇　及作反　一作壹

黎莊夫人

黎莊夫人者衛侯之女黎莊公之夫人也既往而不同欲所務者異未嘗得見甚不得意其傅母閔夫人賢公反不納憐其失意又恐其已見遣而不以時去謂夫人曰夫婦之道有義則合無義則去今不得意胡不去乎乃作詩曰式微式微胡不歸夫人曰婦人之道一而已矣彼雖不吾以吾何可以離于婦道乎乃作詩曰微君之故胡為乎中露終執貞一不違婦道以俟君命君子故序之以編詩

頌曰

黎莊夫人　執行不衰　莊公不偶　行節反乖
傅母勸去　作詩式微　夫人守一　終不肯歸

齊孝孟姬

孟姬者華氏之長女齊孝公之夫人也好禮貞一過時不嫁齊中求之禮不備終不往躡男席語不及外遠別避嫌齊中莫能備禮求焉齊國稱其貞孝公聞之乃脩禮親迎于華氏之室父母送孟姬不下堂母醮房之中結其衿縭戒之曰必敬必戒無違宮事父誡之東階之上曰必夙興夜寐無違命其有大妨于王命者亦勿從也諸母誡之兩階之閒曰敬之敬之必終父母之命夙夜無怠爾之衿縭父母之言謂何姑姊妹誡之門內曰夙夜無愆爾之衿鞶無忘父母

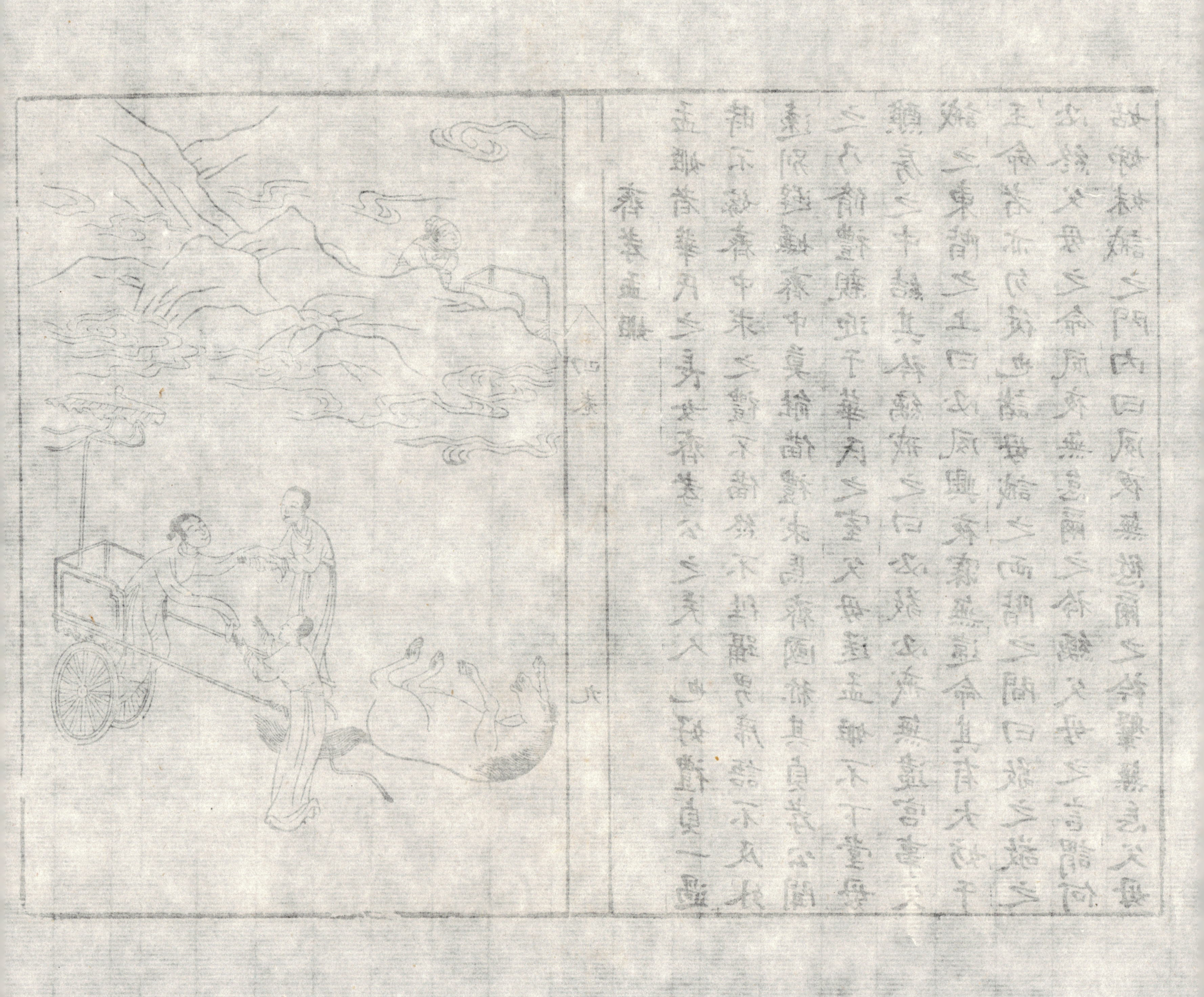

之言孝公親迎孟姬于其父母三顧而出親迎之綏
自御輪三曲顧姬與遂納于宮三月廟見而後行夫
婦之道既居久之公遊于琅邪華孟姬從車奔姬墮
車碎孝公使駟馬立車載姬以歸姬使侍御者舒帷
以自障蔽而使傅母應使者曰妾聞妃后踰閾必乘
安車輜軿下堂則從傅母保阿進退則鳴玉環佩內
飾則結紐綢繆野處則帷裳擁蔽所以正心一意自
斂制也今立車無軿非所敢受命也野處無衛非所
敢久居也三者失禮多矣夫無禮而生不若早死使
者馳以告公更取安車比其反也則自經矣傅母救

之不絕傅母曰使者至輜軿已具姬氏蘇然後乘而
歸君子謂孟姬好禮禮婦人出必輜軿衣服綢繆既
嫁歸問女昆弟不問男昆弟所以遠別也詩曰彼君
子女綢直如髮此之謂也

頌曰

孟姬好禮　執節甚公　避嫌遠別　終不治容
輦不並乘　非禮不從　君子嘉焉　自古寡同

可訂刻何

死訂刻有

息君夫人

夫人者息君之夫人也楚伐息破之虜其君使守門將妻其夫人而納之于宮楚王出遊夫人遂出見息君謂之曰人生要一死而已可至自苦妾無須臾而忘君也終不以身更貳醮生離于地上豈如死歸于地下哉乃作詩曰穀則異室死則同穴有如不信死如皦日息君止之夫人不聽遂自殺息君亦自殺同日俱死楚王賢其夫人守節有義乃以諸侯之禮合而葬之君子謂夫人說于行善故序之于詩夫義動君子利動小人息君夫人不為利動矣詩云德音莫

逮及尔同死此之謂也

頌曰

楚厲息君　納其適妃　夫人持固　弥久不衰

作詩同穴　思故忘新　遂死不顧　列于貞賢

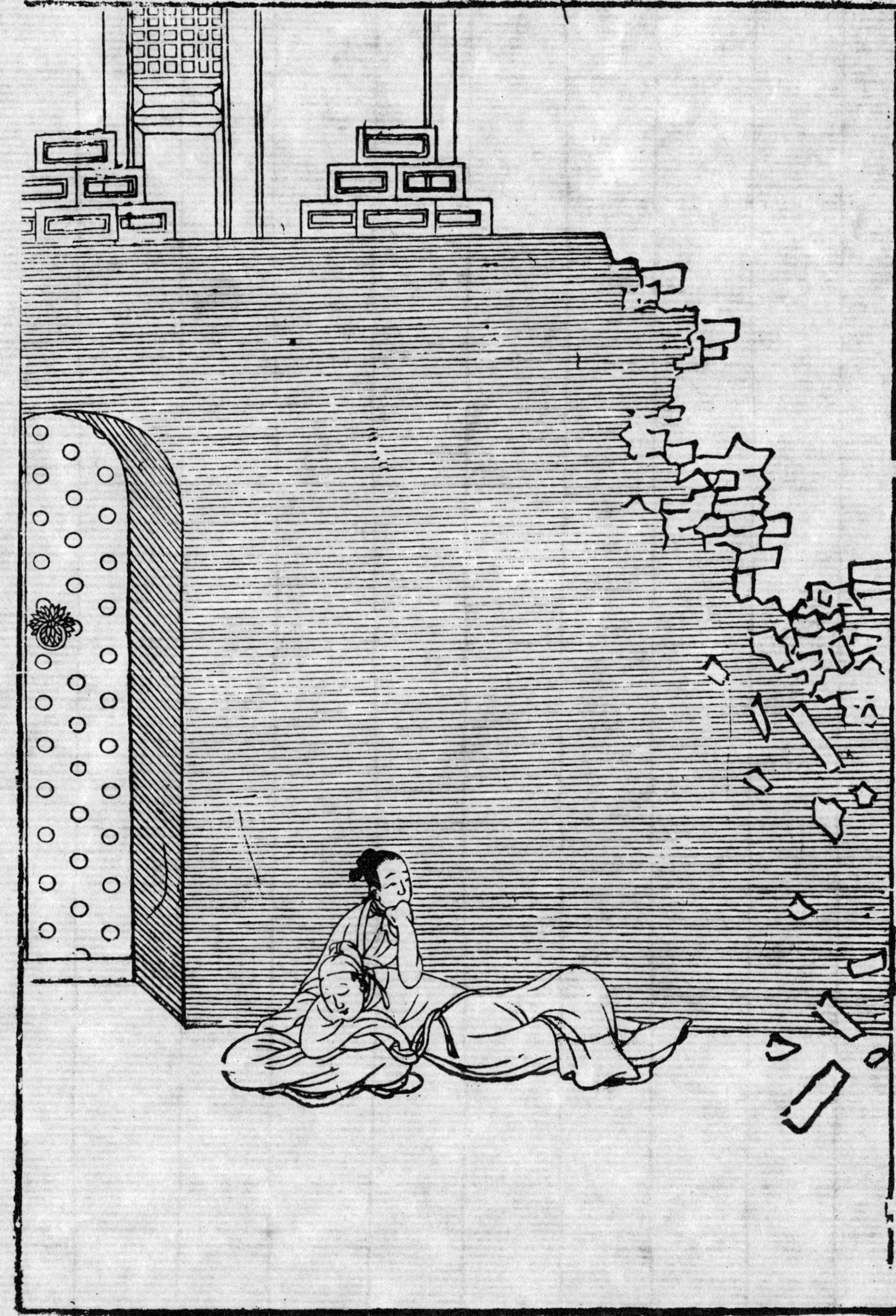

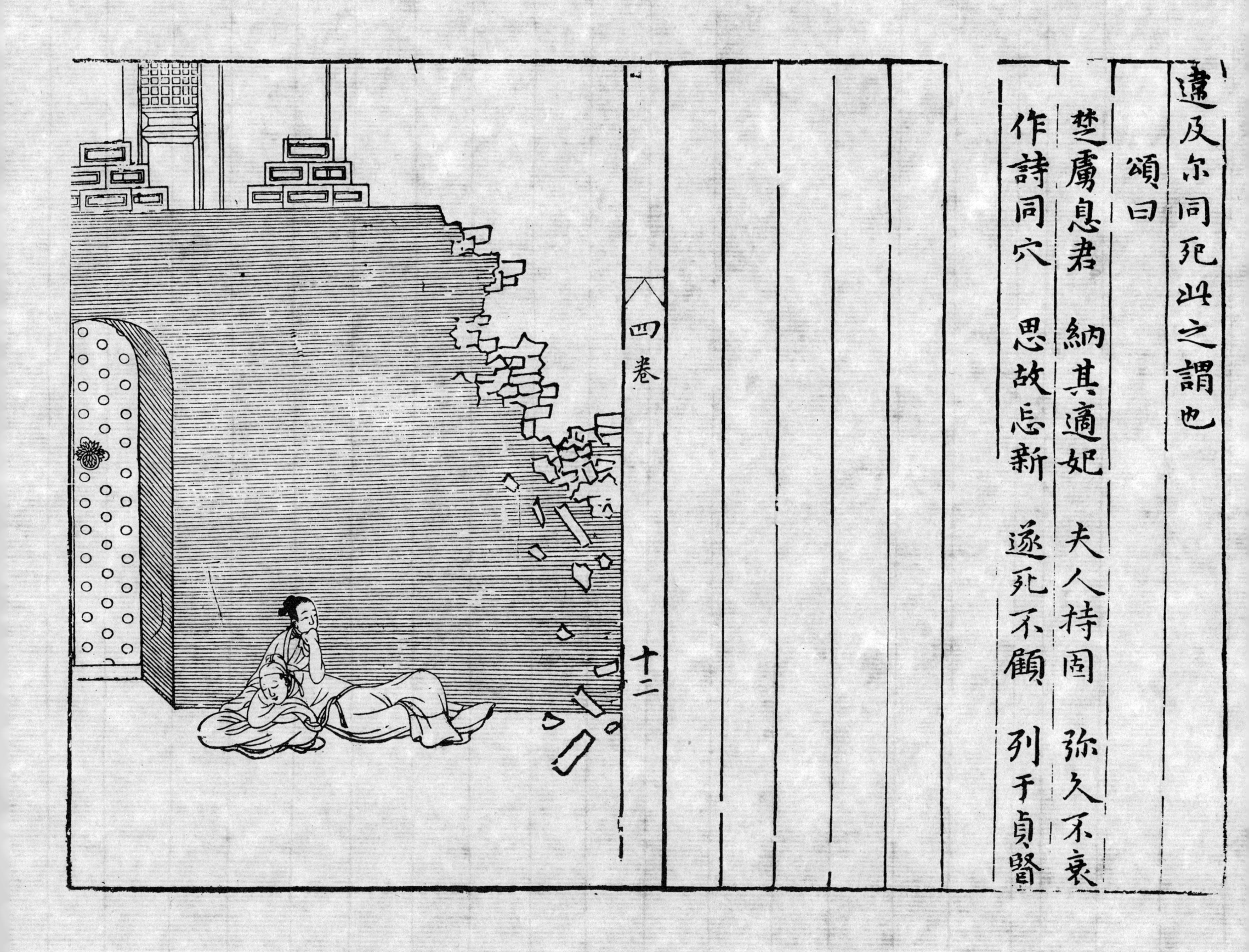

齊杞梁妻

齊杞梁殖之妻也莊公襲莒殖戰而死莊公歸遇其妻使使者弔之于路杞梁妻曰令殖有罪君何辱命焉若令殖免于罪則賤妾有先人之弊廬在下妾不得與郊弔于是莊公乃還車詣其室成禮然後去杞梁之妻無子內外皆無五屬之親既無所歸乃枕其夫之屍于城下而哭內誠動人道路過者莫不為之揮涕十日而城為之崩既葬曰吾何歸矣夫婦人必有所倚者也父在則倚父夫在則倚夫子在則倚子今吾上則無父中則無夫下則無子內無所依以見

吾誠外無所倚以立吾節吾豈能更二哉亦死而已遂赴淄水而死君子謂杞梁之妻貞而知禮詩云我心傷悲聊與子同歸此之謂也

頌曰

杞梁戰死　其妻收喪　齊莊道弔　避不敢當
哭夫于城　城為之崩　自以無親　赴淄而薨

楚平伯嬴

伯嬴者秦穆公之女楚平王之夫人昭王之母也當昭王時楚與吳為伯莒之戰吳勝楚入至郢昭王亡吳王闔閭盡妻其後宮次至伯嬴伯嬴持刀曰妾聞天子者天下之表也公侯者一國之儀也天子失制則天下亂諸侯失節則其國危夫婦之道固人倫之始王教之端是以明王之制使男女不親授受坐不同席食不共器殊椸枷異巾櫛所以遠之也若諸侯外淫者絕卿大夫外淫者放士庶人外淫者宮割夫然者以為仁失可復以義義失可復以禮男女之失

亂亡興焉夫造亂亡之端公侯之所絕天子之所誅也今君王棄儀表之行縱亂亡之欲犯誅絕之事何以行令訓民且妾聞生而辱不若死而榮若使君王棄其儀表則無以臨國妾有淫端則無以生世一舉而兩辱妾以死守之不敢承命且凡所歡妾者為樂也近妾而死何樂之有如先殺妾又何益于君王于是吳王慙遂退舍伯嬴與其保阿閉永巷之門皆不釋兵三旬秦救至昭王乃復矣君子謂伯嬴勇而精一詩曰莫莫葛藟施于條枚豈弟君子求福不回此之謂也

頌曰

闔閭勝楚　入厥宮室　盡妻後宮　莫不戰慄
伯嬴自守　堅固專一　君子美之　以為有節

楚昭貞姜

貞姜者齊侯之女楚昭王之夫人也王出遊留夫人漸臺之上而去王聞江水大至使使者迎夫人忘持其符使者至請夫人出夫人曰王與宮人約令召宮人必以符今使者不持符妾不敢從使者行使者曰今水方大至還而取符則恐後矣夫人曰妾聞之貞女之義不犯約勇者不畏死守一節而已妾知從使者必生留必死然棄約越義而求生不若留而死耳于是使者取符則水大至臺崩夫人流而死王曰嗟夫守義死節不為苟生處約持信以成其貞乃號之

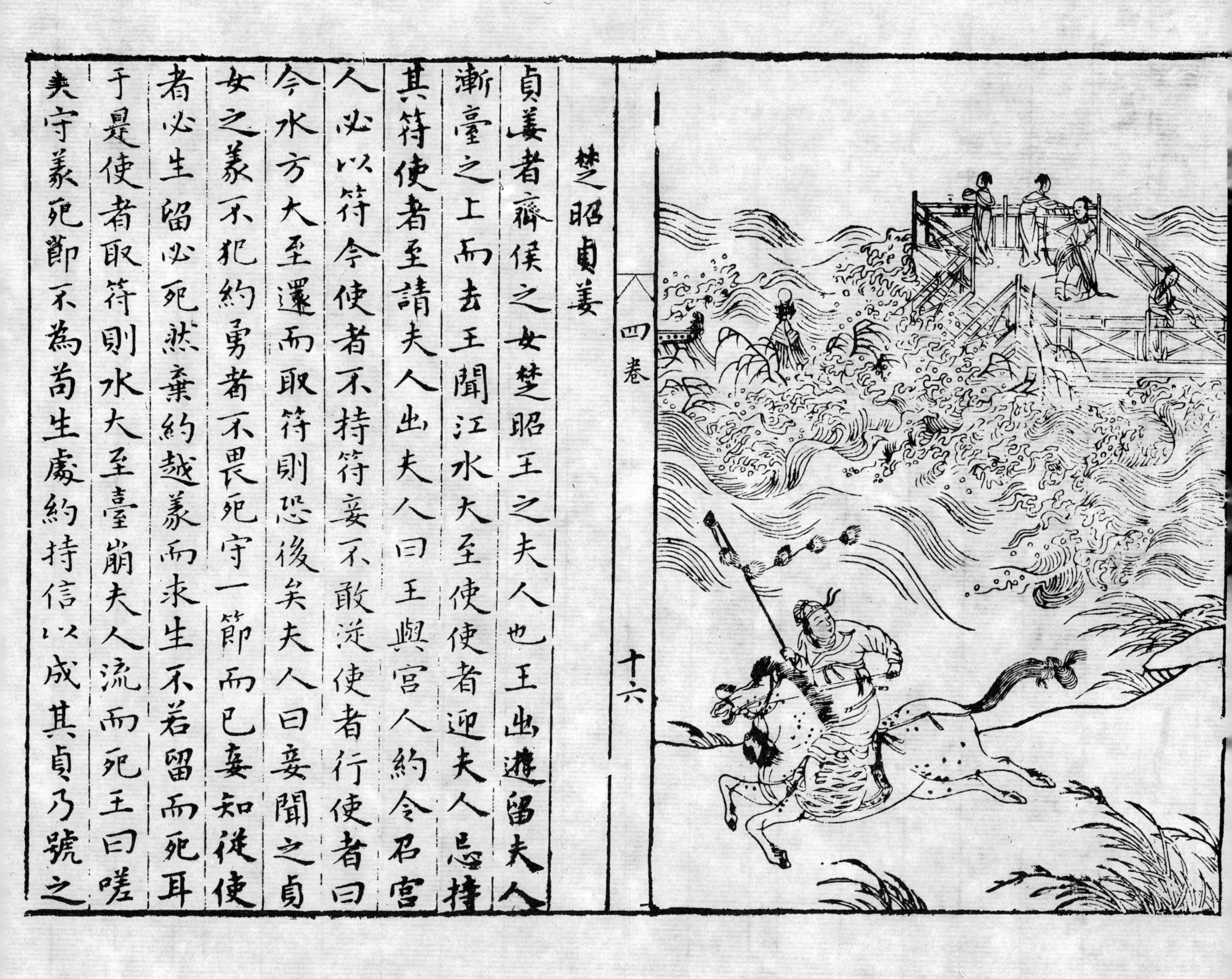

曰貞姜君子謂貞姜有婦節詩云淑人君子其儀不忒此之謂也

頌曰

楚昭出遊　留姜漸臺　江水大至　無符不來
夫人守節　流死不疑　君子序焉　上配伯姬

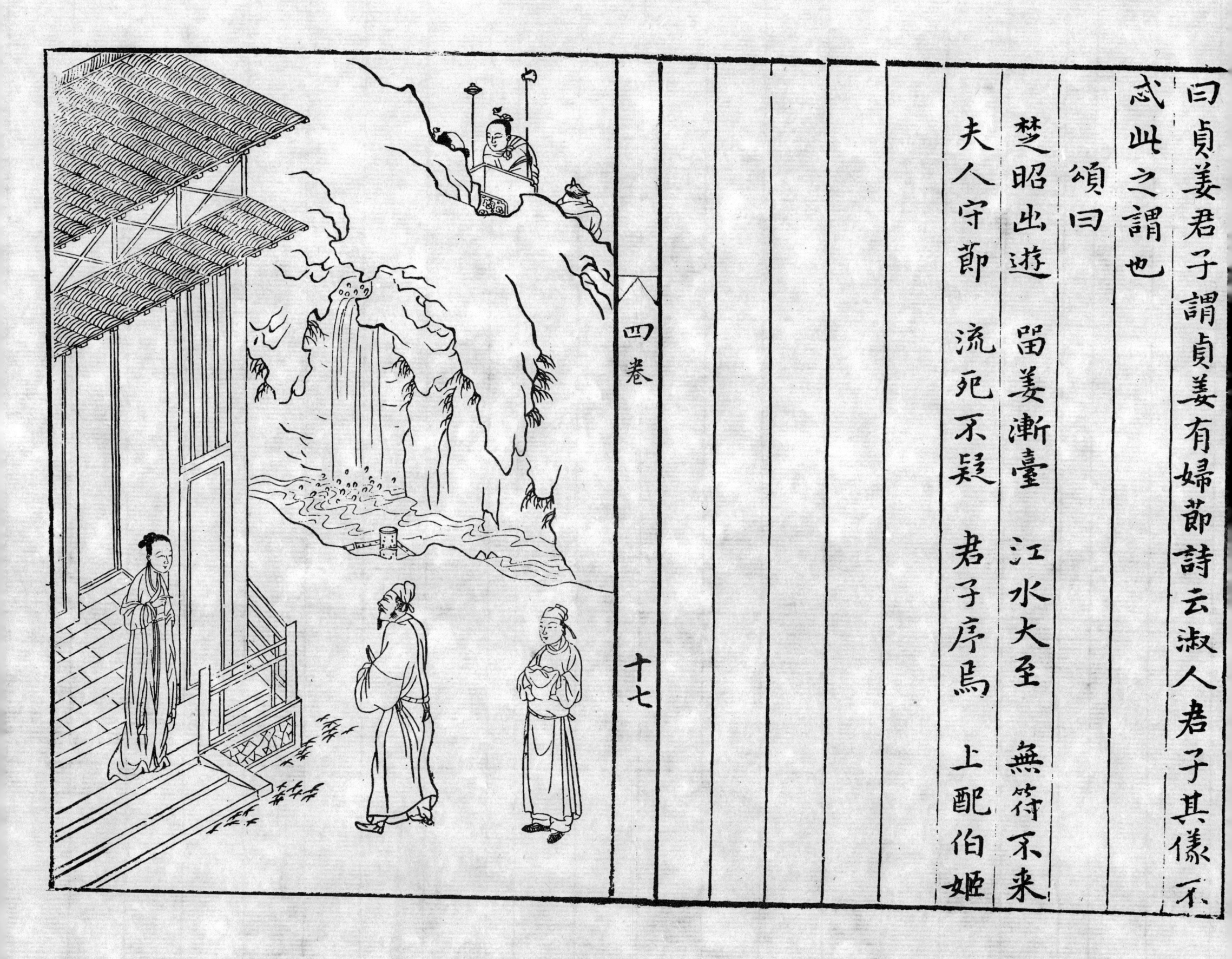

聘原刻娉下同

楚白貞姬

貞姬者楚白公勝之妻也白公死其妻紡績不嫁吳王聞其美且有行使大夫持金百鎰白璧一雙以聘焉以輜軿三十乘迎之將以為夫人大夫致幣白妻辭之曰白公生之時妾幸得充後宮執箕箒掌衣履拂枕席託為妃匹白公不幸而死妾願守其墳墓以終天年今王賜金璧之聘夫人之位非愚妾之所聞也且夫棄義從欲者汙也見利忘死者貪也夫貪汙之人王何以為哉妾聞之忠臣不借人以力貞女不假人以色豈獨事生若此哉于死者亦然妾既不仁不能

從死今又去而嫁不亦太甚乎遂辭聘而不行吳王賢其守節有義號曰貞姬楚君子謂貞姬廉潔而誠信夫任重而道遠仁以為己任不亦重乎死而後已不亦遠乎詩云彼美孟姜德音不忘此之謂也

頌曰

白公之妻　守寡紡績　吳王美之　聘以金璧

妻操固行　雖死不易　君子大之　美其嘉績

衛宗二順

衛宗二順者衛宗室靈王之夫人而及其傳妾也秦滅衛君乃封靈王世家使奉其祀靈王死夫人無子而守寡傳妾有子傳妾事夫人八年不衰供養愈謹夫人謂傳妾曰孺子養我甚謹子奉祀而妾事我〻不聊也且吾聞主君之母不妾事人今我無子于禮斥絀之人也而得留以盡其節是我幸也今又煩孺子不改故節我甚內慙吾願出居外以時相見我甚便之傳妾泣而對曰夫人欲使靈氏受三不祥耶不幸早終是一不祥也夫人無子而婢妾有子是二不

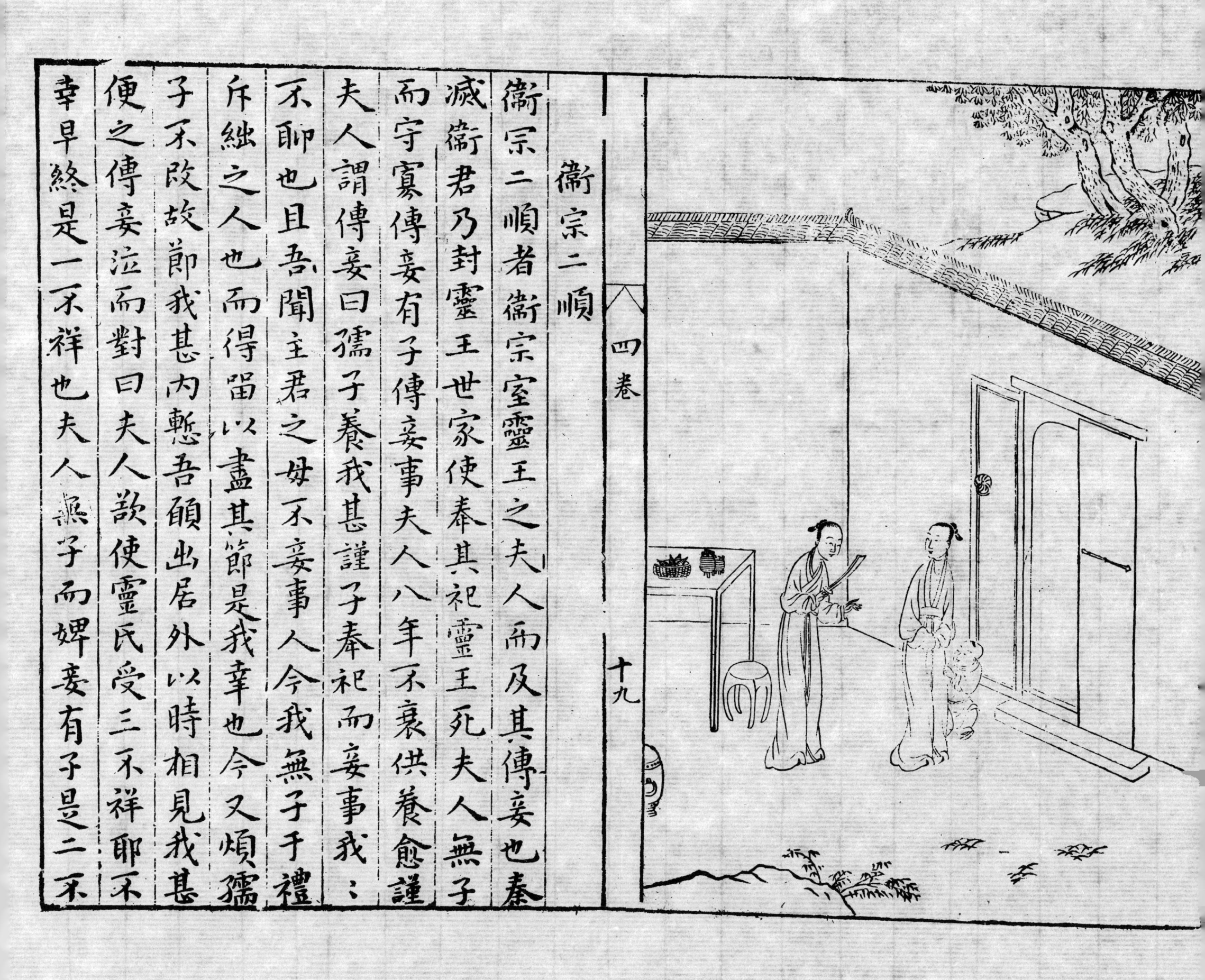

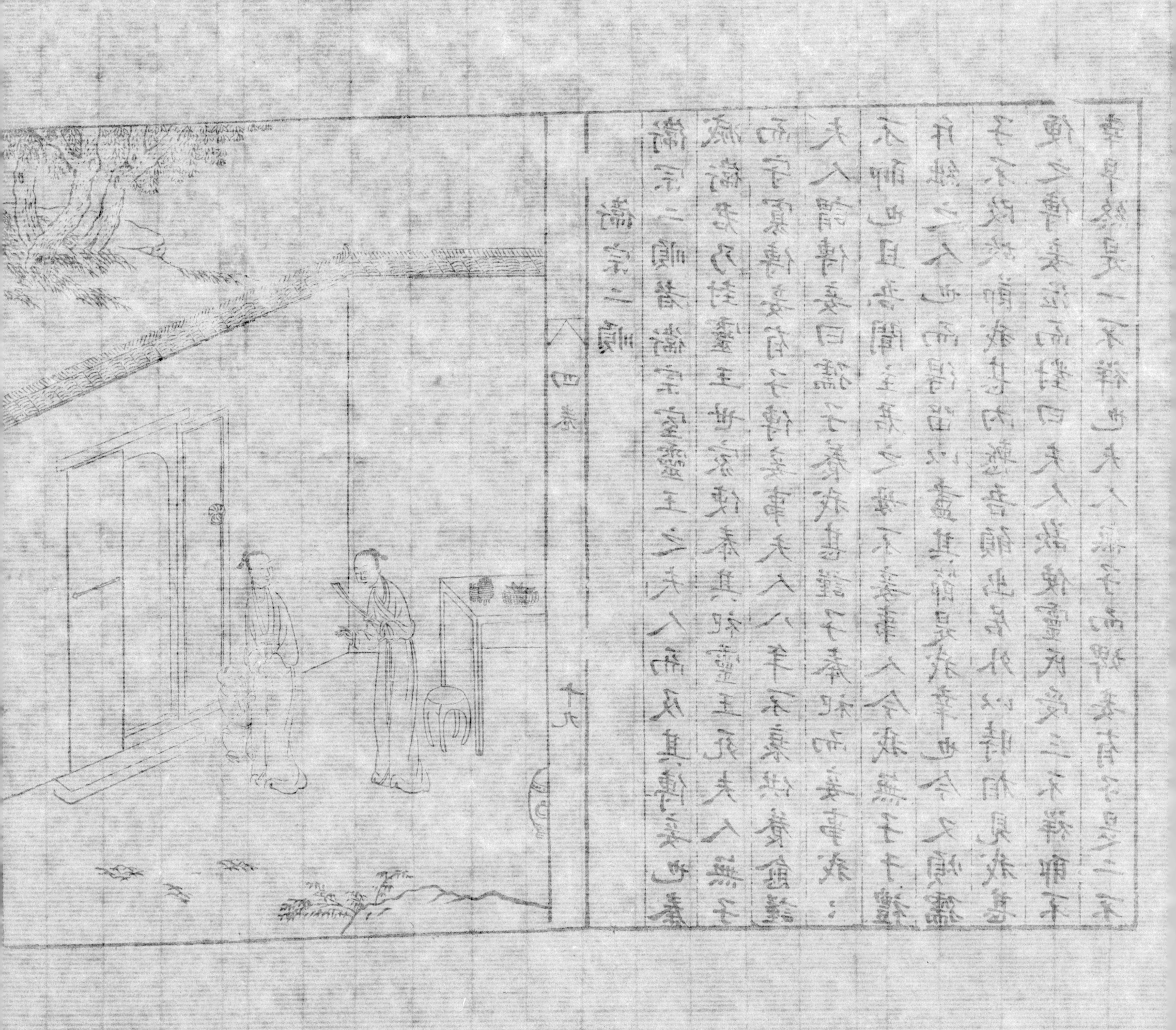

祥也夫人欲出居外使婢子居内是三不祥也妾聞忠臣下君無怠倦時孝子養親患無日也妾豈敢以小貴之故變妾之節哉供養固妾之職也夫人又何勤乎夫人曰無子之人而辱主君之母雖子欲爾衆人謂我不知禮也吾終願居外而已傅妾退而謂其子曰吾聞君子處順奉上下之儀脩先古之禮此順道也今夫人難我將欲居外使我居内此逆也處逆而生豈若守順而死哉遂欲自殺其子泣而守之不聽夫人聞之懼遂許傅妾留終年供養不衰君子曰二女相讓亦誠君子可謂行成于内而名立于夫世矣詩云我心匪石不可轉也此之謂也

頌曰

衛宗二順　執行咸固　妾子雖代　供養如故
夫人慙辭　請求出舍　終不肯聽　禮甚有度

魯寡陶嬰

陶嬰者魯陶門之女也少寡養幼孤無強昆弟紡織為產魯人或聞其義將求焉嬰聞之恐不得免作歌明已之不更二也其歌曰黃鵠之早寡兮七年不雙鵷頸獨宿兮不與衆同夜半悲鳴想其故雄天命早寡兮獨宿何傷寡婦念此兮泣下數行鳴呼哉兮死者不可忘飛鳥尚然兮況于貞良雖有賢匹兮終不重行魯人聞之曰斯女不可得已遂不敢復求嬰寡終身不改君子謂陶嬰貞一而思詩云心之憂矣我歌且謠此之謂也

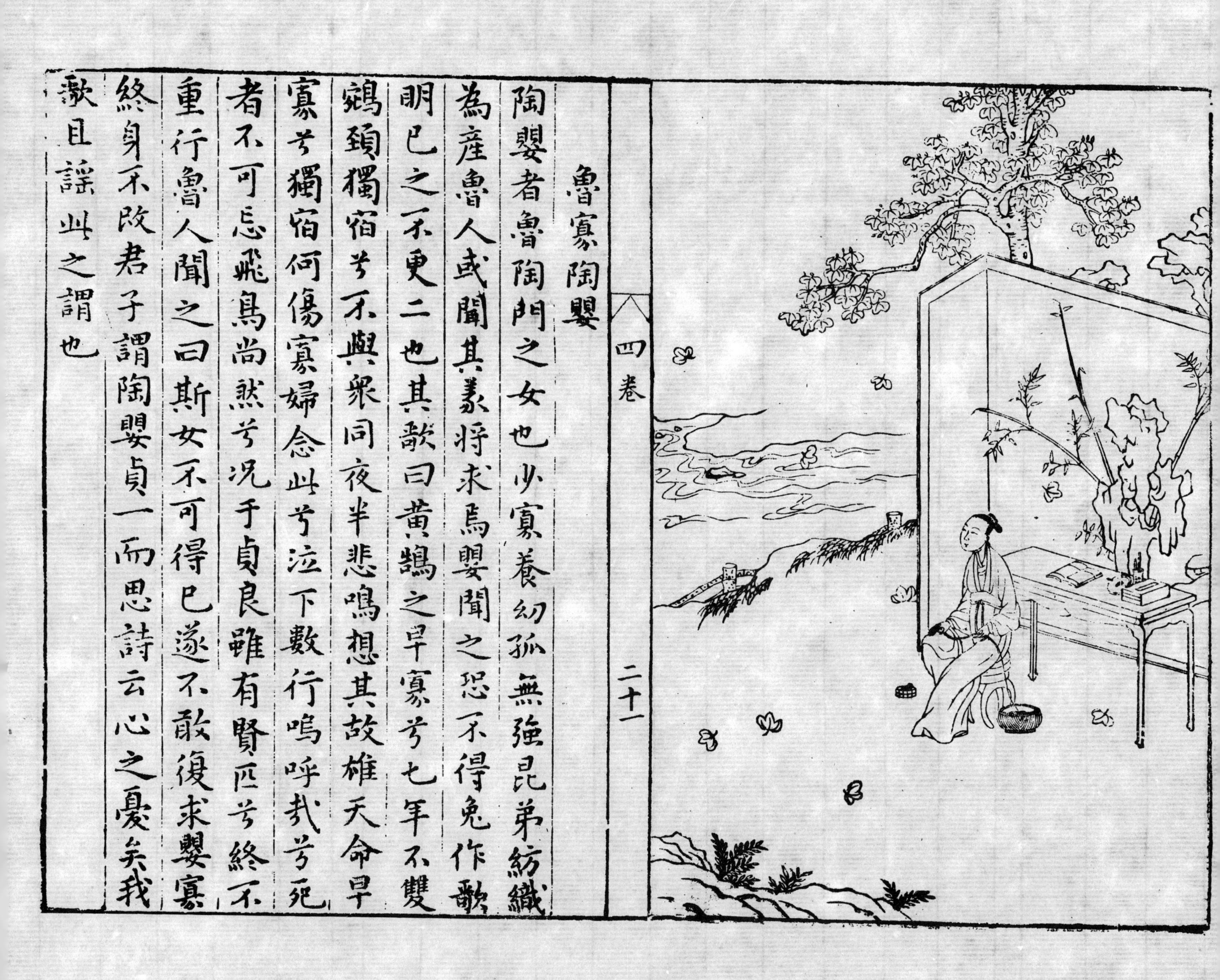

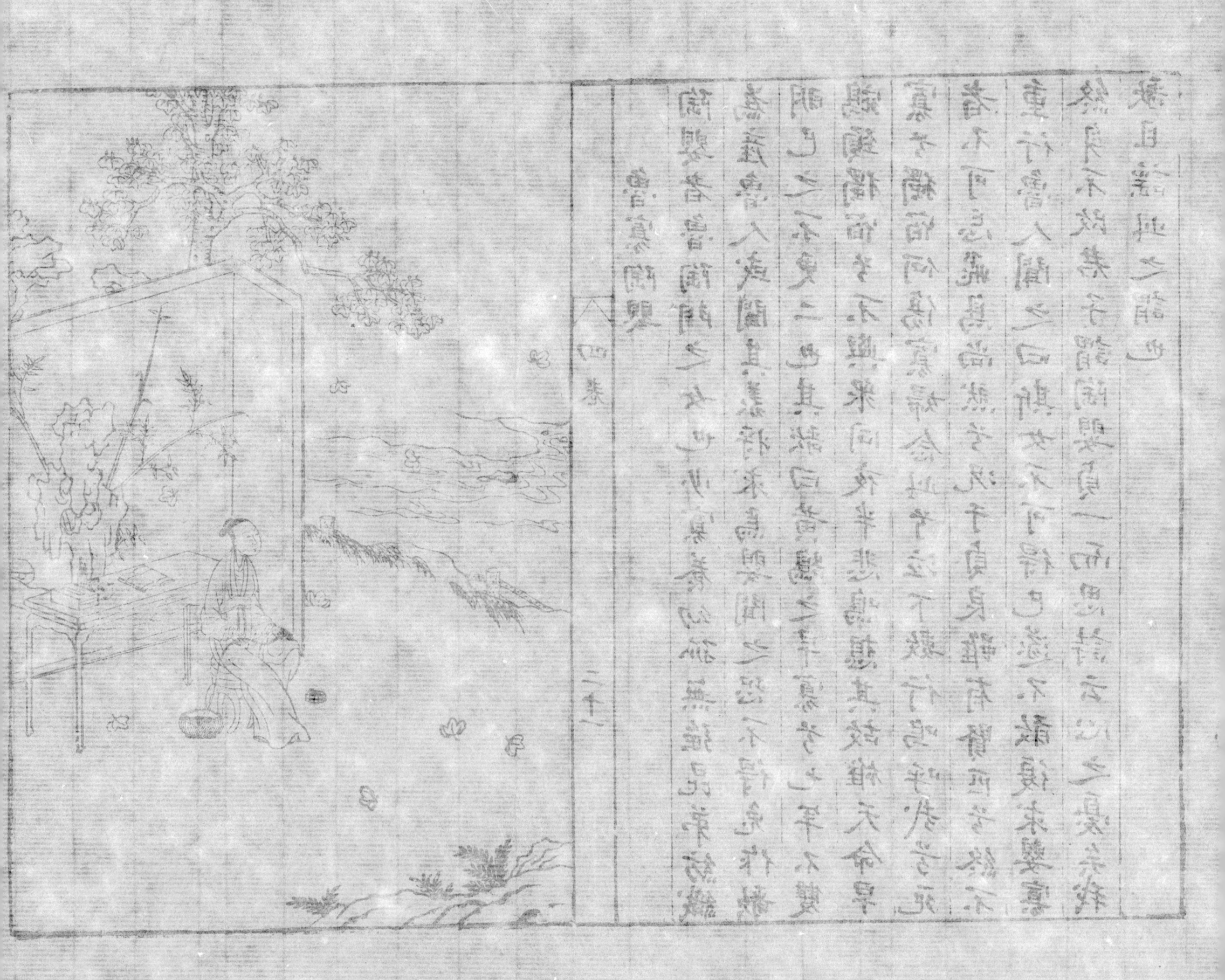

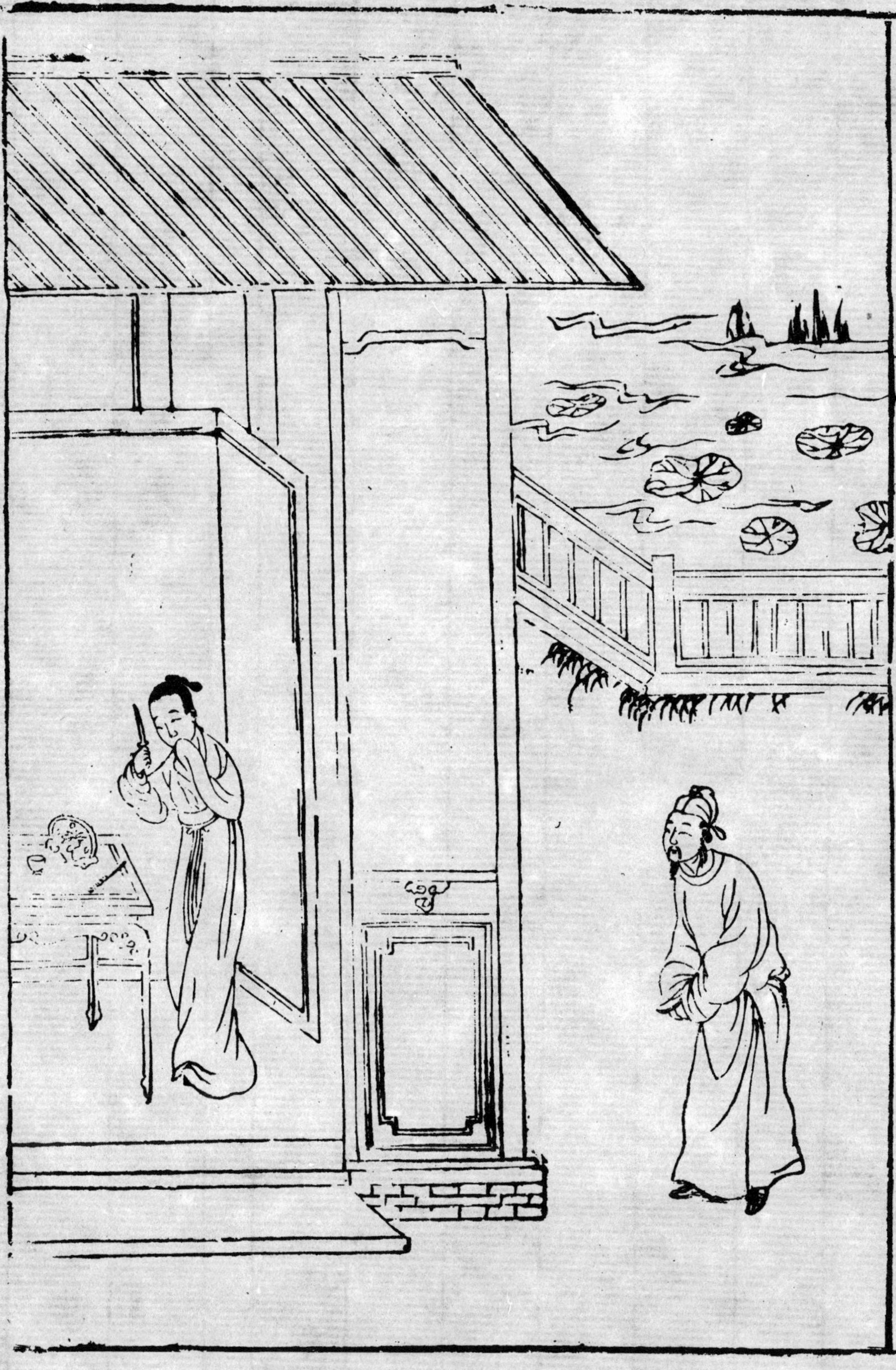

頌曰

陶嬰少寡　紡績養子　或欲取焉　乃自修理

作歌自明　求者乃止　君子稱揚　以為女紀

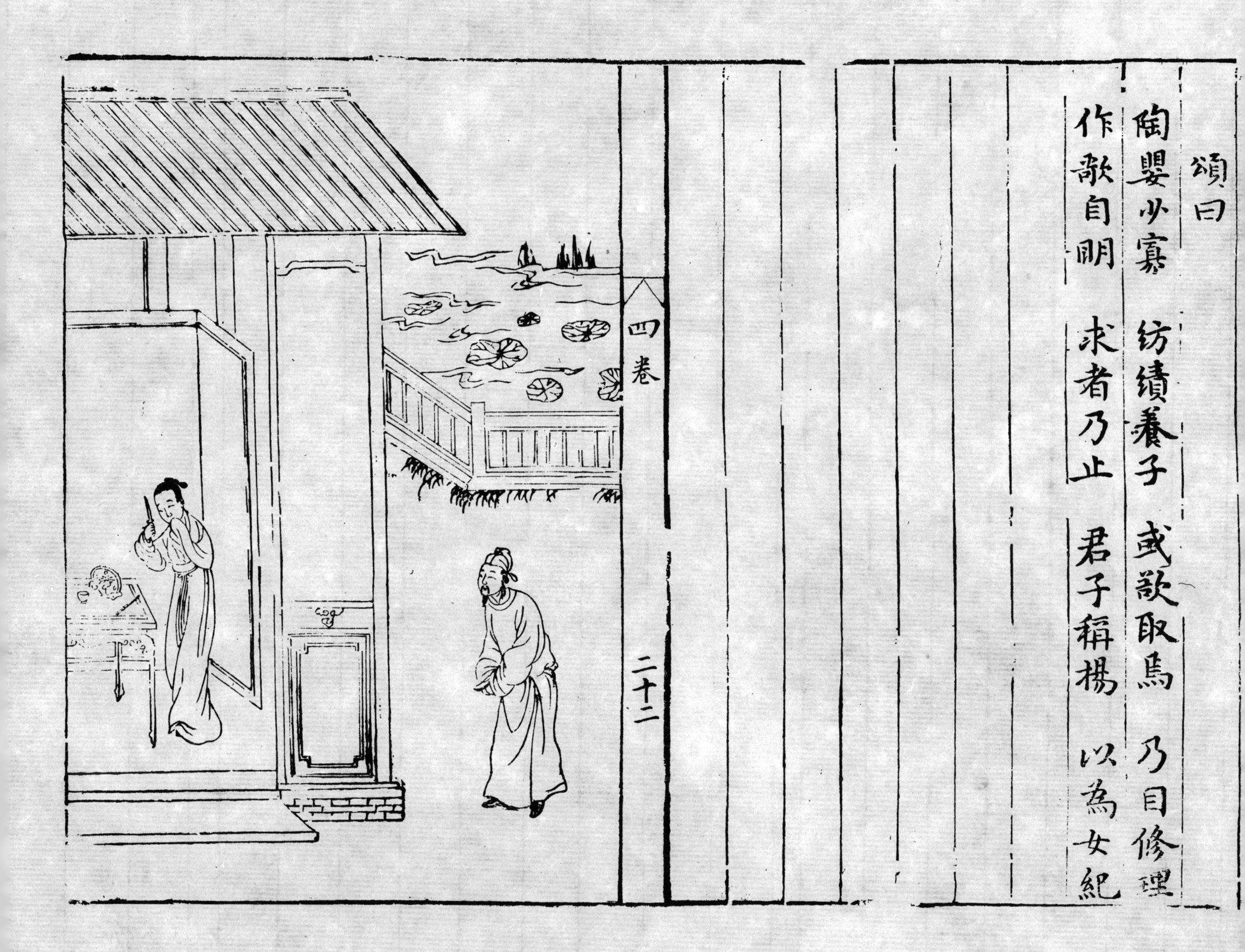

要改刻版

梁寡高行

高行者梁之寡婦也其為人榮于色而美于行夫死早寡不嫁梁貴人多爭欲娶之者不能得梁王聞之使相聘焉高行曰妾夫不幸早死先狗馬填溝壑妾守養其孤幼曾不得專意貴人多求妾者幸而得免今王又重之妾聞婦人之義一往而不改以全貞信之節今忘死而趨生是不信也貴而忘賤是不貞也棄義而從利無以為人乃援鏡持刀以割其鼻曰妾已刑矣所以不死者不忍幼弱之重孤也王之求妾者以其色也今刑餘之人殆可釋矣于是相以報王

王大其義高其行乃復其身尊其號曰高行君子謂高行節禮專精詩云謂予不信有如皎日此之謂也

頌曰

高行處梁　貞專精純　不貪行貴　務在一信
不受梁聘　劓鼻刑身　君子高之　顯示後人

陳寡孝婦

孝婦者陳之少寡婦也年十六而嫁未有子其夫當行戍夫且行時囑孝媍曰我生死未可知幸有老母無他兄弟備吾不還汝肯養吾母乎媍應曰諾夫果死不還婦養姑不衰慈愛愈固紡績以為家業終無嫁意居喪三年其父母哀其年少無子而早寡也將取而嫁之孝婦曰妾聞之信者人之榦也義者行之節也妾幸得離襁褓受嚴命而事夫夫且行時屬妾以其老母既許諾之夫受人之託豈可棄我棄託不信背死不義不可也母曰吾憐女少年早寡也孝婦

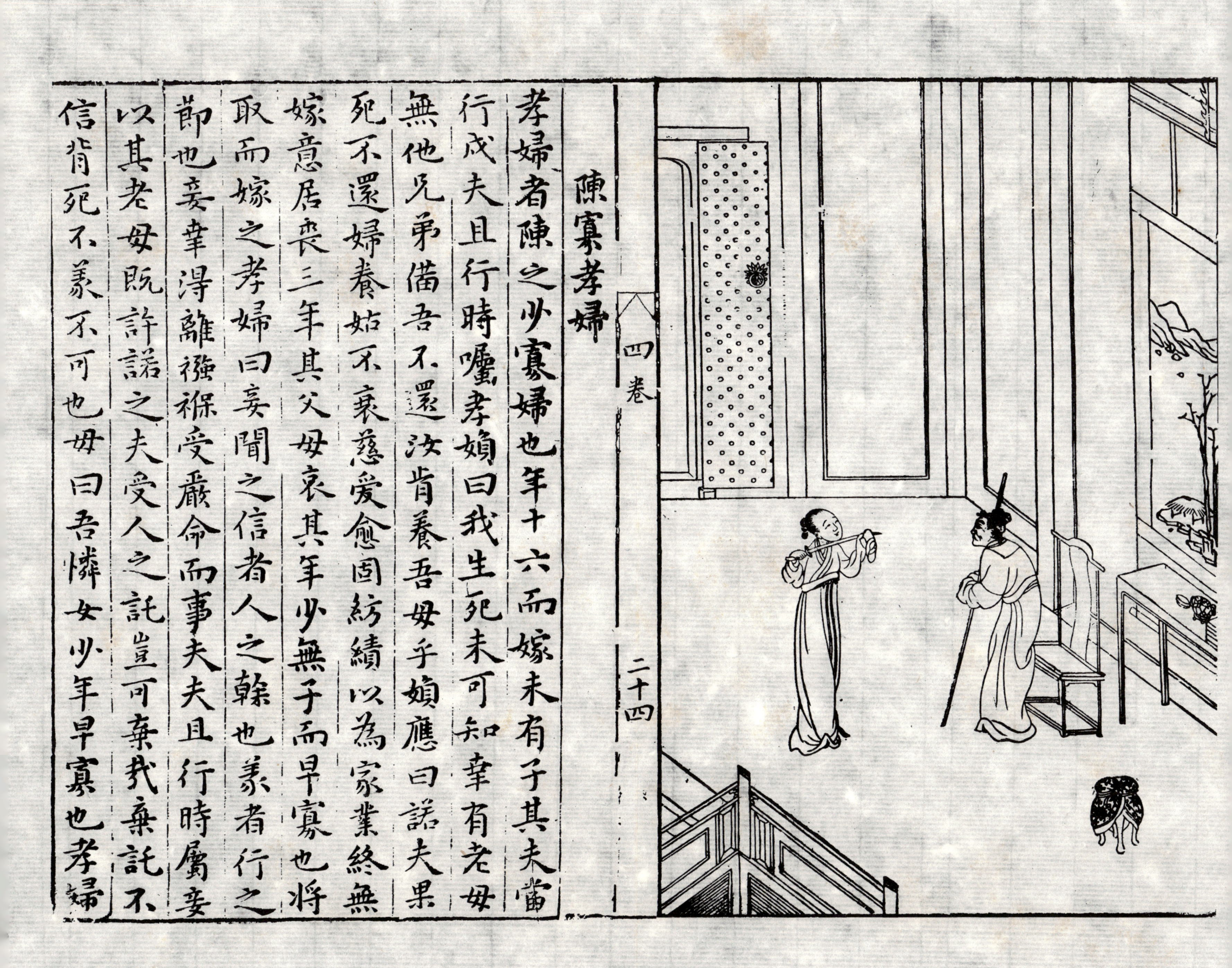

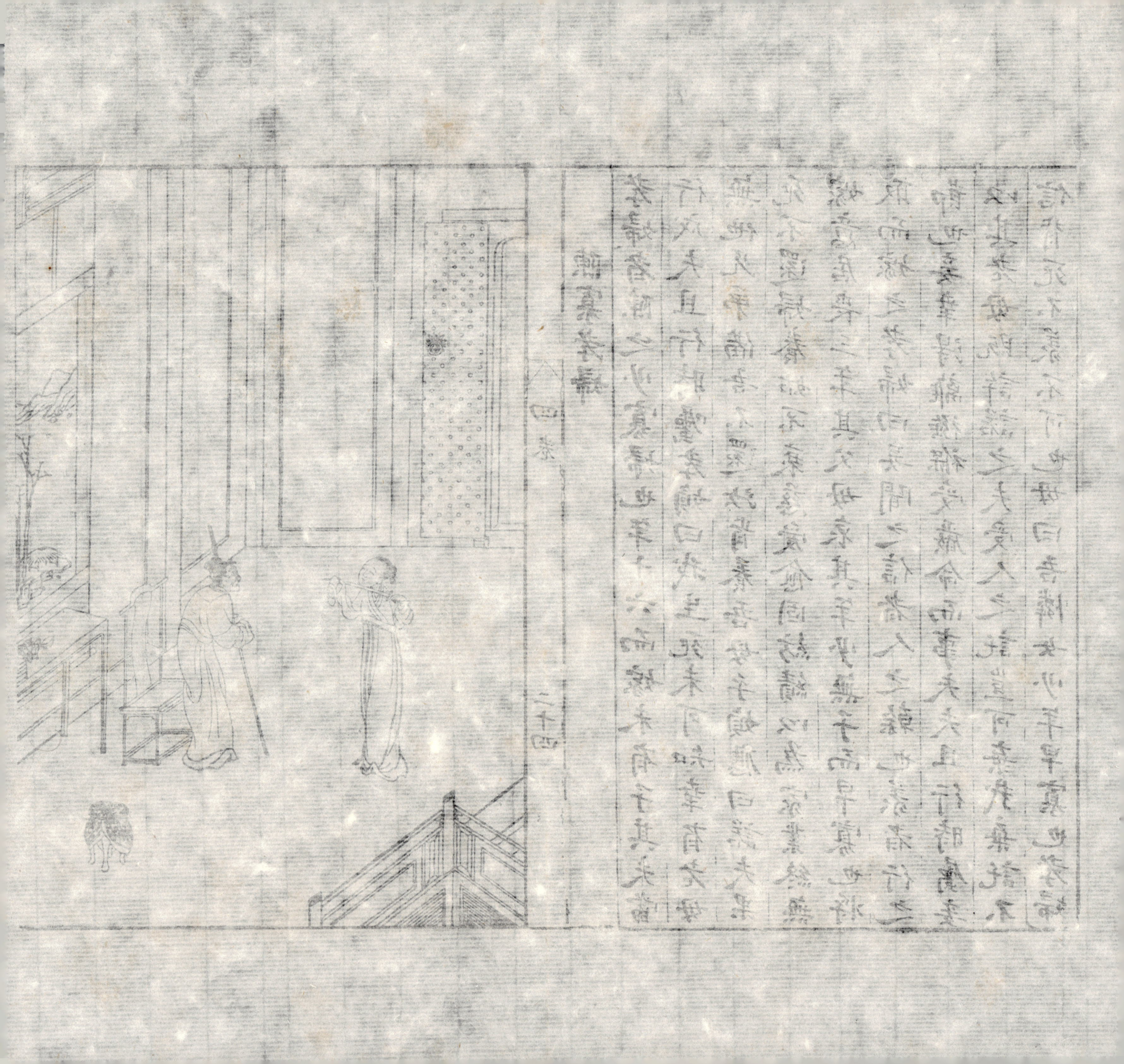

曰妾聞寧載于義而死不載于地而生且夫養人老母而不能卒許人以諾而不能信將何以立于世夫為人婦固養其舅姑者也夫不幸先死不得盡為人子之禮今又使妾去之莫養老母是明夫之不肖而著妾之不孝不孝不信且無義何以生哉因欲自殺其父母懼而不敢嫁也遂使養其姑二十八年姑死葬之終奉祭祀淮陽太守以聞漢孝文皇帝高其義貴其信美其行使使者賜之黃金四十斤復之終身號曰孝婦君子謂孝婦備于婦道詩云匪直也人秉心塞淵此之謂也

頌曰

孝婦處陳　夫死無子　母將嫁之　終不聽母

專心養姑　一醮不改　聖王嘉之　號曰孝婦

劉向